água
de maré tatiana nascimento

tatiana nascimento © 2025

Todos os direitos reservados à Pallas Editora e Distribuidora Ltda.

EDITORAS
Cristina Fernandes Warth
Mariana Warth

COORDENAÇÃO EDITORIAL E CAPA
Daniel Viana

PREPARAÇÃO DE TEXTO
Felipe Machado

LEITURA SENSÍVEL
fabian kassabian

REVISÃO
Joelma Santos

IMAGEM DE CAPA
Emerson Rocha, *ori*.

Este livro segue as novas regras do Acordo Ortográfico da Língua Portuguesa.

DADOS INTERNACIONAIS DE CATALOGAÇÃO NA PUBLICAÇÃO (CIP)
(CÂMARA BRASILEIRA DO LIVRO, SP, BRASIL)

Nascimento, Tatiana
    Água de maré / Tatiana Nascimento. -- Rio de Janeiro : Pallas Editora, 2025.

    ISBN 978-65-5602-160-7

    1. Romance brasileiro I. Título.

25-261585   CDD-B869.3

Índices para catálogo sistemático:
Romances : Literatura brasileira B869.3
Eliete Marques da Silva - Bibliotecária - CRB-8/9380

PALLAS EDITORA E DISTRIBUIDORA LTDA.
Rua Frederico de Albuquerque, 56 — Higienópolis
CEP: 21050-840 — Rio de Janeiro — RJ
Tel.: 21 2270-0186
www.pallaseditora.com.br | pallas@pallaseditora.com.br

Mulher velha, aquele era o fragmento que eu peguei no seu olho, aquele era o olhar por que me apaixonei, o pedaço de você que você guardou, o seu pedaço deixado, a lésbica, a inviolável, sentada numa praia em um tempo que não ouviu seu nome ou então teria te afogado dentro do mar, ou você ouviria aquele nome e você mesma andaria voluntariamente para o azul emudecedor.
Em vez disso você sentou e eu vi seu olhar e persegui um olho até ele chegar ao final de si mesmo e então eu vi o outro, o fragmento ardente.

Dionne Brand, *hard against the soul,* **poema X**

Sumário

- 9   onze
- 17   dez
- 25   nove
- 45   oito
- 59   sete
- 95   seis
- 111   cinco
- 123   quatro
- 135   três
- 141   dois
- 167   um
- 171   zero
- 181   pequenas insurgências cotidianas na literatura de tatiana nascimento por Cidinha da Silva
- 185   nota da autora

onze
"sempre" é antes do antes

Orí, ô

quarto branco azulado, parede velha, pintura descascando no mais úmido. dava muita alergia nas menina quando miúda, mas é um mofo macio, veludado, fazendo teia de variz escura no cantinho — que nunca mais viu sol, depois de bater a laje. foi uma festa o telhado pronto. telha mesmo, de cerâmica, amianto não, barro mesmo queimado, herdada da reforma no rio vermelho dum filho da ex-patroa, o cheiro do cimento novo da laje dando alergia nela. oxe, onde já se viu velha inventando essas frescura de alergia, mas deu e deu foi mesmo, e ainda assim nada acabava a alegria do cheiro novo do cimento, pozinho cinza derramando em tudo semana após semana, após semana, até conseguir rebocar, daí pintar: cada luta em seu tempo. do lado de lá não, lá é diferente daqui da vizinhança, lá onde ninguém precisa ir montando a casinha andar por andar no longo dos anos: em alguns meses a casa já era toda outra, o filho da patroa. e deu as telha véia gasta, veludada dos anos de mofo acumulado também, a despeito de tanto ela varrer lá no alto. pronto, agora as telhas eram novas na casa da velha preta. hoje podia quase fazer de conta que nem lembrava mais ter sido empregada doméstica, diarista, babá, cozinheira, costureira (por mais tempo e com mais gosto), agora era a casa própria na laje coberta de telhas de barro de verdade, que ela e as meninas limparam uma a uma saídas da kombinha velha do vizinho. muito limpo tudo, no quartinho dela, embaixo do telhado de telha de verdade. rodapé de madeira gasta, as

peças, tom desigual: retalhos de memória bem cuidada, até, pra uma promoção como conseguiu, mas nada sambando não, tudo bem fixo no lugar. as paredes ela escovava em cima com aqueles vassourão de bruxa com cabo talhado, herdado também do sobrado antigo duma ex-patroa (outra), mania desse pessoal de pôr fora tudo tão novinho, sem uso quase. trocava a palha de vez em vez, ela mesma, mas o acabamento bonito no bambu, feito por um jardineiro que tinha sido muito seu amigo, ela não queria desfazer daquilo não. as memórias do ofício, da patroa, limpar o casarão colonial, efeito colateral de uma outra vida que era a vida delas todas, num momento ou em outro. mas as meninas não, nunca suas neta aquela vida não.
numa parede, retratos: a mãe dos filhos-peixes, mãe de todas as cabeças. preta como tem que ser; embaixo dela um terço — sagrado também, que deus habita muitos nomes, não é mesmo? Odoyá é como se chama no mar, a língua esquecida delas. a velha se levanta. uma foto dela com as meninas, também. dobrada no lado de sua filha, não tinha até hoje coragem de cortar. má água, outro efeito colateral, mas coração não é curva de rio pra caber tanta água parada assim não, minha gente, e o dia já queria começar a acordar, ela que esperasse, que ele ia esperar ela pra ver.
no lá, de fora, pássaros cantam o dia pra levantar mais suave, ou só conversam com as ondas que madrugam assim como ela — já que deus ajuda, né, com qualquer

nome que se o batize. será que já tinha dito isso hoje? deve ser coisa de velha, repetir pra esquecer. e fingir que repete por esquecimento... frestas da madeira de lei fatiando a luz — janela velha, sim, mas avecredo esquadria de alumínio, aquela frieza calculada, falso brilhante. a benzedeira pousa os dois pés no chão, vermelhão, ela mesma passarinha no enquanto sua cabeça canta acompanhada pela sinfônica pontual dos bichos, sua maravilhosa tecnologia alada.
o preto bem preto dos pezinhos roliços na pele esticada, como convém ao tempo contado em artérias de sal
+
o vermelho que um dia foi sângueo do assoalho brilhante, ainda,
=
Exu; e ela dá uma risada, renotando a parecença. a nuca é várias dobras quando sobe a cara pro riso correr mais solto. os cabelos trançados, cada vez mais tomados dum cinza brilhante, grosso, crespo. macio, macio. vai cantando, como fosse passarinha de novo. ouve, minutos depois, o despertador de uma das netas no quarto ao lado: "é ela, é ela... maravilhosa é ela... quem vai pro chão é ela, é ela... maravilhosa é ela". a velha toca o cocuruto algumas vezes, rápida e tranquila, toca o meio do peito, segue seu canto. maravilhosa é ela. o ventre. abre a janela pra ver o sol entrar sem navalhamentos, dessa vez. desmancha as tranças na frente do espelho, moldura velha de madeira redonda. macio, macio: assim

é que é crespo, faz carinho nas palmas de linhas escuras da mão. em cada lua nova ela unta os cabelos com óleo de coco-babaçu — mas não faz mais o dela não, que já quebrou coco de mais nessa vida, compra na venda mesmo —, e os da neta — a mais nova não, de 15 em 15 dias passa a máquina ela mesma na cabeça toda —, temperado com lavanda do próprio quintal, dormida no relento da lua cheia. e ela finalmente se diz bom dia quando termina, o que também é cuidar de si mesma. afindado seu ritual, a gata finalmente abre os olhos, se espreguiça, yogue, num canto do colchão, e pula até as pernas dela em outro carinho trançado. na velha, tudo é antigo: só os olhos parecem novos, como vindos de outro tempo. a gata é preta, obviamente, três-pinta, mas mais pra preta. mariscada, assim, como sua mãe usava dizer. ela tem os cílios curvos, longos, pretos como asas. como fossem passarinhos, do futuro. lembra o mistério:

(**Exu quebrou uma vidraça ontem,**
com a pedra que jogou amanhã)
Exu quebrou uma vidraça ontem,
com a pedra que jogou amanhã.
Exu quebrou uma vidraça ontem,
com a pedra que jogou amanhã!

ou era "Exu quebrou uma vidraça hoje, com a pedra que jogou amanhã"? exu quebrou uma vidraça amanhã, com a pedra que jogou ontem. hoje. não sabia mais. tudo,

agora, era sobre o tempo sabido em si mesmo enquanto as palavras começavam a escorrer sentido mais lento na memória afiada dela.
bom dia. mas:
hoje não vai tomar café.
não enquanto essa pedra pesar o seu peito. tantos anos carregando esse segredo. seu coração tem 70 anos agora, parece fraco. vai escrever a carta, contar às netas. fazer, no seu aniversário, o bolo de cenoura com calda de chocolate (sem ser de brigadeiro! é do tempo em que brigadeiro chamava negrinho mesmo, o leite gordo ordenhado da teta, os cristais de açúcar minguando nas horas e horas de doce mexido, engrossar era uma iguaria de tempo mais braço). agradecer, pedir perdão, lançar o segredo de volta ao mar. talvez, quando ela mesma tiver essa idade de milênios e dois oceanos inteiros, seu coração tenha força para guardar segredos assim.

dez
memórias dum tempo ido, "umbilicais"

come mais, a chuva tá acabando, nereci!
come só uma gota mais.

será a partilha que torna uma invenção em memória? será o intento? será que invenção sonhada a duas vira memória, memória mesmo? será que lembrar o inventado transforma tudo em memória, transforma o vivido em mentira? ou, melhor, tá, recomeçando: sabe aquela hora confusa em que a noite vai virando dia (ou é o dia que se vai, virando noite)? e é tão difusa que até seu devagar chega repente: "lusco-fusco" rima com susto, reparou?
a água escura, seu cabelo escuro: antonia é escura no meio da paisagem fosca que forma seu rosto no abraço molhado, envolve ela toda, brilhando, escuro também. o dia já foi, ou nem nasceu. quando ela abre os olhos, eles brilham também, quase cintilando o fosco da pele. seu rosto, seus peitos, barriga, a curva das coxas dançando as ondas pequenas da água. flutua quase imersa. imensa. inteira.
só espera mais um pouco: ondas viradas poros ao avesso no vento relevo, que nem pele dela também. vento conversa alguma coisa na pele da água, encrespa ainda mais. suas peles inda mais, a dela de saudade enquanto murmura um tipo de oriki, os olhos crispando: algum tipo de dor? "não esquece de mim, nereci, não esquece. eu não me esqueço você. daqui é fácil a gente esquecer. mas lembra de mim, e me lembra, que nem eu lembro você."

mas de repente já é antonia adulta tão quente, tão sufocado, tão apertado o concreto, onde mar? onde flutua? onde água salgada além dessa que se derrama nos olhos, além dessa que se engrossa em saliva? "comeu muito sal comigo, aquela lá". mas onde ela? só que é ali mesmo que ela tá. e só. acorda chorando do sonho, suada, senta no catre da cela e olha o redor. a boca como não quisesse abrir murmurando o tom, ladainha, lembra onde está porque vê onde tá. o catre ainda mais duro, a vida mais dura depois de sonhar um abraço do mar, chamar nereci. outras tantas dormindo por ali, em redes, ou no chão, nos catres sorteados noite a noite, colchão velho, tudo mei podre: uma desarquitetura do conforto. vê duas delas de cabeças proximadas: o ombro uma da outra como travesseiro e isso basta pra fazer antonia chorar, em silêncio, a escuridão ninando tudo, menos ela. por enquanto não: espera.
na outra ponta da dor é memória: canta com a irmã pequena o que foram, antes daquele momento, aquele tempo um outro de tudo, empurra devagar do corpo a sensação, se agarra quase desespero no corpo sonhado que teve, noite escura que não amarga, água salgada que não chicote. irmã que não saudade.
mas isso é só na cabeça dela, entende? o que a gente veria é seu sofrimento/angústia como metáfora da separação aguda dos destinos das duas irmãs: descruzilhadas. mesmo que fosse tão longe cada caminho, aquele pequeno pedaço de encontro é que é a coisa mais importante.

ou não é? de volta: antes de um caminho serem dois, antes de precisar exuzilhar, vai chegando na outra ponta do pesadelo que — por que não?, entrega o controle remoto pra ela, é tudo ficção mesmo, pausa, rec, play, slow motion — agora é um sonho em que acorda quase chorando, mas aproveita pra rir. uma memória dum sonho, pra ter precisão.

de qualquer forma, espaço-tempo outro, como se memória (ficção-invento plantado em dois plexos) fosse a única máquina capaz de fazer essa viagem, e é. por enquanto. se o tempo fosse um cenário, a claridade de um dia nublado despejaria nitidez como um refletor gigante num canto da cena, obliquidade, rebatendo num difusor amarelo-azul. uma nuvem dourada-pálida-néon derramando no dia de sol pétalas grossas, pesadas, lentas de chuva (*casamento de viúva*).

nereci-pequena responde a pergunta que antonia faz por dentro de si, por isso não ouvimos, só o murmúrio de novo, agora sem o molhado choroso, agora só seco macio infantil. lúdico. lúcida. brincam de comer chuva, antonia tem as mãos em concha cobrindo os olhos da irmã, *sommelier* pluvial:

> *essa tem gosto de água do mar verde-escura, toní, de oceano mais velho do mundo. lembra quando a mãe voltou daquele país do oceano pacífico? lembra o que ela falou do mar ser verde-escuro porque era velho e tinha muita raiva? ah, toní, sabe também o que a vó contou? que até antes do oceano ser velho ele não era pacífico não. era*

uma deusa-mãe que ficou brava e chamava por Eruyá. que um dia ela quis ir embora do fundo de água e de sal, cansou do silêncio do mar. aí o pai dela deu de presente uma concha pra ela, aí se ela quiser voltar pode voltar quando precisar. se correr perigo ou se só quiser mesmo. que era só ela quebrar a concha no chão, cantar Eruyá, que aí ela ia voltar pra casa rapidão. come umas gota, toní, vou pedir pra nuvem derramar pra você uma gota com gosto de água de rio! que aí sim mata sede, né?* *água do mar não, dá é mais sede ainda. antooonia, quando você crescer eu vou ser cientista e vou inventar uma máquina de tirar sal da água do mar! e uma de separar as cores do arco-íris! ah, tonia, lembra daquela outra história da vó, toní! toní! eu sei que rio é uma deusa também. mas atenta, toní, atrapalha eu não... vou contar agora uma história dessa deusa-mãe que ficou brava antes de ficar velha! sabia que ela saiu do mar pra conhecer o mundo de ar e o de terra? aí tem um dia que ela quer ou precisa ou passou perigo, nesse dia ela jogou a concha no chão. lembra que aí a concha quebra e ela canta Eruyá? que nem o pai dela ensinou. tonia! tá me ouvindo? antonia! antonia!*

aí ela vira um rio, e pode voltar pro mar... lembro sim, irmã.

(você lembra de mim?)

---

* elas eram muito pequenas pra se lembrar, mas, antes de sua mãe ir embora, ouvia muito "esquinas", do djavan, e chorava disfarçadamente enquanto ele dizia de morrer de sede em frente ao mar.

silêncio. suspiro. saliva. sorrisos. as gotas suando o calor daquele dia. é um sonho.

ah, toní! então por que num falou logo, que eu parava sem ficar aqui repetindo tudo que nem bestada, né?

é que eu gosto, nereci, de te ouvir contar.

a companheira de cela cutucando ela, antonia! antonia! tá na hora de trocar, deixa eu deitar aí um pouco vá?, antonia! antonia!

tá chorando, toní? me dá sua mão aqui.

abre os dedos devagar. uma gota rasa cai na pálpebra escura de nereci, como o dia piscasse em seu lugar.

eu gosto muito da história da mãe do rio também, lembra? que ela era brava também, que carrega com ela uma adaga, sabe que que é adaga, né? tipo uma faquinha pequena bem afiada. a vó conta essa com um gosto, antonia, que eu acho que é porque ela era brava também. será, toní, que a vó ficou tão brava com a mãe, que por isso ela foi embora pra sempre pra nunca mais voltar?

come essa gota, irmã. e me conta que gosto tem.

deixa, eu cuido dos seus olhos.

(ela não foi embora pra sempre não, cíci. lembra, como ela dizia que nunca é depois do depois, mas, como o tempo só é agora, nunca não existe?)

chora e ri. salgada-amarga. o sonho vai perdendo lugar pra cela. alguém tosse num canto. alguém fuma. alguém chora, também. mais alto que ela. tenta empurrar o redor se concentrando no sonho. sonha acordada, praticamente. lembra, sipá. troca de lugar com a outra presa. vai dormir no chão frio como chuva no mar.

enquanto isso, as crianças se mexem um pouco no chão de quintal onde estão deitadas. suas cabeças bem próximas: ombro de uma, travesseiro da outra. os pés rumando para lados opostos: sul ou norte. dentro ou fora. uma e outra. antonia, antes deitada mais de lado, vira de barriga pra cima como a irmã, deixando os olhos de nereci sem proteção contra as gotas. embebedam.

a pequena é que se vira pra cuidar dos olhos da outra, agora. a chuva ficando mais e mais pequena, derramando num dia quase de sol uma l e z ê r a... esticada quase de vivacidade. teimosia. ou só rotina, mesmo. parece que tem um tom dourado de sol teimando atrás das nuvens de chuva (*casamento de espanhol*).

eu queria que o quarto novo fosse azul, toní. você também?
que azul, irmã?
azul-escuro de noite estrelada!
ixi, será? se for azul-clarinho-como-dia os passarinho vão poder voar.
será que nenhum passarinho voa de noite não, toní?
sei não, irmã... mas tem mariposa que voa de noite. ah, tem coruja...
mariposa é que nem uma borboleta de casaco, toní, já reparou?
então borboleta é que nem mariposa de biquíni!
(eu lembro sua gargalhada)

azul-estrelado é bonito sim... ou então amarelinho que nem cuscuz. cê gosta?

vamo pedir uma parede de cada cor! será que ele pinta? seu pai é bravo, né, toní? ele me xingou todinha porque não fui deitar na rede mais ele! ainda bem que você chegou, toní. achei que ele ia até me bater! será que ele não vai mais querer pintar a parede da nossa cor, toní? melhor não contar nada pra vovó.

a casa é de avó, irmã, ela que manda aqui. ele só tem que obedecer o que ela quer, e ela tá pagando pra ele fazer esse serviço. bravo ou manso num interessa, nada nessa casa é dele. nem ninguém! viu? entendeu, cici? nunca chegue perto dele não, viu? cê fez foi certo.

acho que entendi. mas então tá combinado, toní? uma parede azul, uma amarela? toní, você não é mais criança, né.

melhor inventar outra história, pra ser sem repetir dessa vez, nereci.

(e eu não vou mais deixar você sozinha)

nove
agora sim, antes (mesmo)*

* depoimento dado para pesquisa sobre masculinidades lésbicas e cárcere. transcrição sem revisão.

nereci sempre foi a mais estranha entre nós.
quando quase não era mais tão pequena praquelas baixarias da gente, nossa avó foi separando ela do nosso redor, seu jeito suave mas firme, era assim com quase tudo. faca afiada que a gente demora de ver o corte: quando o sangue aparece é aquela inundação brotando da fundura lisa, sem estrago, talho perfeito.
porque nereci era a mais retinta, diziam que num tinha jeito, ia ser benzedeira como a avó. ou, diziam, porque era tão retinta, num tinha outro caminho mesmo. não sei, ela foi só sempre diferente da gente, o que tudo bem por mim, pela avó, por ela mesma. por mainha. olhando assim, acho que a gente é que nunca era como ela.
tinha a coisa da escola. onde entendi de primeira vez essa diferença. em casa tudo bem, éramos nós três só, fazia tempo que mãe não voltava e nunca havia dormido homem naquela casa — normal ser as três todas bem diferentes. mas na escola era aquele mundo de gente, tanta gente, tanta gente, que eu me achava vez em quando no rosto, no jeito de outro alguém. por exemplo, todo mundo tinha seu jeito de dar o zig na rotina escolar. pra mim, por causa da fama, nem adiantava mais eu tentar o de faltar pra dizer que não sabia do dever de casa. mas também porque eu tinha repetido dois anos, nereci e eu ficamos na mesma turma. eu notava cada coisa, prestava atenção em tudo: cada bimestre era uma ou duas menos, das que tínhamos crescido junta. a maioria saía pra trabalhar, dentro de casa mesmo ou

na rua. assim era que não sobrava tempo de atentar pras aulas.

algumas tinham sorte de conseguir uma loja, um escritório. renata, que era sarará mas com prancha ficava quase parecendo que tinha nascido e crescido num daqueles condomínios da paciência, itaigara, a parte boa de itapoã, chegou a trabalhar num shopping do imbuí no natal. nereci conseguiu uma vaga no armarinho-papelaria-1,99 perto de casa mesmo. tentei um mês de estagiária no escritório dum tio duma afilhada de nossa mãe, neblina abraçando cada vez mais espessa e intocável os rascunhos da memória, nossa mãe. mas se eu passasse mais uma tarde ali o cara acabava era sem dente nenhum. eu tinha essa raiva constante dentro do peito, que nem fosse gamela de azeite no fogo, todo mundo via. e todo mundo pressentia o que ia acontecer, eu também. nossa avó rezava, pedia ajuda pra entidade, e era sempre um doce comigo. rígida, mas um doce: pra gente aprender a ser vendo ela sendo.

uma vez eu tava na fila da gira, ela já tinha sido chamada com as outras preferenciais — quase todas senhoras como ela. foi ela sentar no banquinho baixo, depois daquele abraço de três tempos que o encantado dá, que o Exu olhou pra mim por cima do ombro dela enquanto ia levando a cabeça devagar pra cima, pra baixo, meio de lado. pra cima, pra baixo. os olhos fechados mas olhava direto pra mim, eu sentia é que me atravessava. a avó começou a chorar, imaginei pelo jeito que as costas dela soluçavam que era amarga a mensagem, mesmo sem ele precisar dizer.

nunca quis nem tive que falar nada com ela ou com nereci. mas também não adiantava tentar esconder, nem tinha precisão: naquela semana eu tinha derrubado um zé ruela duma outra biqueira, e minha carreira tinha começado de verdade. tenho certeza que o Exu confirmou isso pra ela só de olhar pra mim. fui embora sem tomar meu passe e não deu mais tempo de voltar na gira antes de ser presa. foi um pouco depois que larguei a escola, tudo tinha uma pressa de acontecer ao mesmo tempo. quando a gente era criança, o tempo parece que era mais devagar.

sempre achei a escola lenta. as cadeiras pequenas. as matérias bobas, tudo fácil, tudo inútil. enquanto eu era a roçona mais disputada tinha alguma graça, mas depois que comecei a namorar kindara nem isso apetecia mais. pra que mentir, kindara era ótima comigo e toda delícia, mas eu sentia era falta de comer uma menina diferente todo dia no banheiro, no matagal atrás do muro da escola. até na salinha de espera da secretaria, uma vez, porque a secretária era dessas. numa única coisa, além de ser sapatão, eu parecia com nereci: eu gostava de livro. claro que isso era herança de mãe fincada em nós duas dum jeito pra fingir que não havia saudade.

isso era o que me prendia na escola, me ajudava suportar. por algum tempo, foi até a única coisa que me conectava com elas, tanto com a memória de mãe quanto com nereci. quanto mais o tempo passava, mais amarga eu ficava. a moça da biblioteca gostava muito de mim, e eu podia levar o livro que queria pra casa. muitas vezes faltava aula e ficava ali. poucas vezes tava me pegando com ela, eu gastava era tempo lendo. à noite, antes de sair pro corre, deixava o que tava lendo na cama de nereci. era nosso jeito de ler junta. quando era uma cama só pra nós duas pequenas, eu é que lia pra ela toda noite antes de dormir. quando não era isso, era ela inventando histórias fantásticas, que eu ia completando com os detalhes, as cores, as canções, as dúvidas. nos últimos meses de escola, antes do enquadro, quando batia uma lombra do beq, eu lembrava muito das histórias que nereci inventava pra gente na infância.

me acostumei a pensar no corre como um trabalho qualquer. eu pagava a parte maior das contas em casa, a aposentadoria de avó era só pras coisinhas dela, e isso me enchia dum orgulho frágil, receoso, porque a vida no corre gira rápido, mas um orgulho mesmo assim. nereci podia comprar material do curso de eletrônica que tava fazendo algumas vezes na semana, à noite. o meu sempre sobrava prum bolo de carimã, uma fruta-pão comprada na esquina — que eu não tinha mais tempo nem proceder de andar subindo em árvore —, eram os presentes que elas aceitavam. voinha jamais me deixou comprar alguma coisa pra dentro de casa — tv, móvel, um brinco pra ela. dizia que esse dinheiro era amaldiçoado demais. aceitava que eu pagasse as contas porque

sua paga era muito pequena. a simplicidade das roupas, das coisas delas, destoava muito com meus pano, meus ponteiro. tenizão. boné caro. no meio delas duas, eu era mais estranha até do que nereci, vendo assim por fora. tentava me distrair fingindo muito interesse romântico na namorada do momento, ou me ocupava mantendo os pião do corre na linha. me divertia, até, com o dinheiro que nunca tinha tido, e que por muito tempo nem achava que merecia. liberdade inventada no abismo entre a ausência do governo e o esquecimento da providência divina (eu pensava). eu olhava nereci trabalhando tanto, estudando tanto, ela era tão sagaz, tão capaz, e ganhava em um mês um pouco mais do que eu podia gastar num dia do fim de semana. eu tinha muita raiva de ver como a vida era injusta. mas ria mais que nereci. alguma coisa devia andar comendo ela por dentro também, que a cada ano que passava ia ficando mais séria. diferente daquele sol que era quando pequena. eu não sei. vou pegar um do seu maço, o meu acabou. é mais fácil que maconha, né? apesar de entrar maconha sim. no começo eu mesma vendia. depois sei lá, cansei. aqui dentro eu quis parar de competir. aqui dentro o tempo é uma navalha. corta em câmera lenta. o careta é um tipo de relógio, sei lá. fumei 23 ontem. ou foi anteontem?
eu não tive é coragem de contar pra avó que tô fumando. sabe que a gente cresceu ouvindo a avó praguejar contra o câncer de pulmão que levou o homem dela embora cedo demais? aliás a única licença que nereci se dava

pra zuar de avó era pra imitar os xingamentos dela que aprendemos nessa saudade. ela era corajosa, vu? fazia era na cara de avó. no fim das contas, dona tonha sempre ria. sendo justa, a avó praguejava mais contra o pai de nossa mãe que contra o câncer do marido. acho que só quem não perdia era a philip morris. anos depois é que eu aprendi a escrever do jeito gringo. que quando a gente era pequena brincando de porradinha no quintal nereci ficava retada deu nunca ser polícia, sempre um malvadão chamado filipp móris. ninguém queria ser polícia nas brincadeira da quebrada, né? a polícia que vira os erê em egun. eles sendo preto também! isso não ia te deixar com muita raiva? pode dizer o que for do estado, mas isso não tem justificativa. nem perdão. é, eu acho que essa saudade que avó sentia do homem dela tinha ensinado pra gente vários sinônimos de "tabaréu". mas, mesmo rachando de rir vendo nereci imitar ela, eu nunca quis que me chamasse de nada daquilo (*burra* me irritava dum jeito específico), então fiquei longe do cigarro até conhecer o verdim. o bom de morar numa quebrada em que ninguém dá porra nenhuma, polícia quando entra quer mais matar que olhar, e a vizinhança é toda conhecida desde antes de você nascer, é que cada qual cuida quase só da própria vida, então plantei no quintal. aqui é que eu afundei no cigarro.

o lado ruim daquilo é que muita gente se costuma a ignorar marido esporrando mulher no meio da madru-

gada. lógico que eu vendia mistura, o meu era pra mim. e bright, fazia muito dinheiro também. mas cheirei pouco. não, pedra ninguém vendia mais pra comunidade não, que os grande mesmo da empresa proibiram. minha boca era um negócio familiar, acima de tudo: quem comprava era quase todo mundo que ou tinha crescido comigo ou me visto crescer. ninguém aprende tudo que sabe na quebra pra devolver transformando todo mundo em sacizêro, minha flor.
coisas assim me faziam também ter muito respeito por parte das velha da rua. e algum medo, né? maioria macumbeira. como eu já tava me garantindo como miseravona muito antes de entrar no corre, fazia é tempo que podia comprar cigarro pras que não podia. bebia alguma coisa na venda, que era o bar menos frequentado pelos machos. o dono era Ogan dum terreiro ali perto, não tinha o fanatismo homofóbico dos vizinhos novos-crentes (porque na real todo mundo ali era ou tinha sido macumbeiro, com exceção de dona do carmo, crente de mãe e de avó, avô fundador da assembleia de deus na quebrada).
era eu subir a escada até lá que ia ouvir os macho minguando os coiote que tavam soltando agorinha mesmo pra qualquer uma que tinha subido antes de mim, o zunido crescia nos tímpano antes deu virar a curva. também acostumei com o chiado pegajoso dos pulmão craquelado: a tosse sinistra das velha da rua ressoando vício, canseira do sobe-desce ladeira, ou tudo junto,

por baixo da pagodeira que algum vizinho desempregado ouvia alto pra disfarçar que tava era punhetando com pornô na internet. eu sinto falta desses ruídos da rotina na quebrada. uma panela de feijão embaixo dágua. alguém conversando com um cachorro. à noite o cantado do mar... aqui tem muito choro. muita ordem. muita reza. e sexo, claro. essa boniteza toda sua é casada, aliás? hum... bom saber.
eu comprava pra elas mas tinha dó. via as menina nova fumando tão cedo, como tainã, e imaginava que com 35, 40 elas iam estar também parecendo velhas demais como as mais velhas da rua (mas não "as velha da rua", valha-me falar qualquer coisa de ruim daquelas velha). mas eu ia descobrindo isso enquanto minha própria idade comia o parecer de juventude por causa de outros vícios, outras preocupações. mesmo sendo de menor ainda, eu passava em todo canto, entrava em qualquer lugar, ninguém pedia documento. fazia tempo que era assim.
eu era rata de balada, e bebia cada vez mais, comia ainda pior. agora comendo a merda que servem aqui tenho muito arrependimento disso, mas muitas vezes a refeição decente que eu tinha no dia era o acarajé de um real das tia crente que ousavam vender ali na região do terreiro de dona Dete de Onira. nereci se recusava a comer acarajé de crente. e inda se retava comigo, pregando que o cartel dos crente vendia barato assim era pra quebrar as baiana de acarajé tradicionais. sempre

correta. contida, nunca nem gritava (o que mãe tanto fazia). mas no canto de olho se via aquela mesma raiva de mãe dentro dela, maré amuada esperando desaguar. mainha...
de pequenas eu jogava o pimentão no prato dela, nunca gostei. mesmo plantado de quintal, com amor de avó. difícil imaginar nereci comendo comida da cadeia. a comida de avó sempre nova, quente, bem temperada — a mão cheia pra coentro, pimenta da hortinha curtida em azeite doce. eu sentia falta sim, mesmo quando dava sorte de achar acarajé de um real gostoso. mas a verdade é que eu passava cada vez mais tempo na biqueira, e além de malmente comer tinha a tensão do trabalho avolumando que nem maré em lua cheia quanto mais eu ganhava moral. o espelho sempre me dizendo a verdade. sádico, em seus alertas. elas nunca falando nada mas sempre incomodadas com minha presença. eu sentia. sei lá, pra que ficar em casa então?
praticamente me mudei pra casa de kindara — a cara da piada do caminhão de mudança no segundo encontro! mas nem tanto assim por amor, como diz a piada. um bocado foi pelo sexo mesmo, viu — a avó nunca, nun-ca questionou, reclamou, vigiou nossa sexualidade. ela sempre soube da gente ser sapatão. eu só não sentia que podia me espalhar assim, tanto assim, na casa dela, levando mulher, comendo mulher lá dentro. também tem que eu dividia o quarto com nereci nera. mas mulher não, dividir mulher a gente nunca dividiu.

simplesmente nunca eu faria isso com nereci nem ela comigo. não. nunca. e também, ela sempre achou que eu tinha dedo meio podre.

kindara era barulhenta no sexo. gostava de ser metida de quatro, eu gostava de meter, e quanto mais ela gemia, quanto mais barulho ela fazia, mais eu gostava. kindara tinha um vulcão dentro de si, eu nunca vi alguém gostar tanto assim de trepar. e tinha toda aquela pinta de leide, unha feita, grande, pintada; essas coisa de batom, de saia, mas sempre foi relativa. acho que eu aprendi mesmo a amar kindara porque, como pra ela era tão importante me tocar, fomos montando um jeito de funcionar. eu gostava que ela chupasse minha rola enquanto carinhava o grelo, muitas vezes gozei assim. mas gozava mesmo era de meter nela, e eu sempre fui assim, antes mesmo de ter dinheiro, e vou te falar que uma coisa muito boa em ter dinheiro é poder comprar tudo que você quiser; eu comprava tudo que era tipo de brinquedo, dildo, consolo, cinta. grosso, enorme, colorido, vibratório. se Exu carrega seu ogó, eu que não sou besta de ficar sem. mas sempre apreciei a arte da dedada, que é uma tecnologia bem de sapatão, de amar buceta, de gostar de comer uma buceta bem comida mesmo. coisa de roçona, deve ser. a senhora não se espanta de eu falar assim não, não é? e vá desculpando qualquer coisa, qualquer brincadeira... minha mulher nem sonha de me ouvir falar isso assim, uma ciumêra que só vendo. sim, casei aqui dentro. sim, mas por amor,

dessa vez. não dá pra deixar roubarem tudo da gente aqui dentro, né, minhirmã?
não! e aí você acredita se quiser, mas eu e nereci, a gente não falava de sexo, assim de comer buceta não. nereci sempre foi machorra também. aliás, ela que me contou a história de quando Oxum seduz Iansã. mas, depois de velha, a avó nunca que ia contar uma história assim pra gente. deve ter aprendido lá com alguma mulher macumbeira dela. ela era muito pra frente sim, mas oooxi, você imagina com esse tanto de povo de santo hétero, se iam simplesmente sair contando essa história por aí? uma coisa é raspar sapatão, raspar viado. travesti também tem muita em terreiro, um pouco antes de ser presa eu fui numa saída de santo de um homem trans que foi feito como homem. saiu no jogo, não interessa se ele tinha útero. a autoridade deveria ser o orixá, tenho pra mim. pode ser opinião dessabida, também, eu nunca fui de terreiro nenhum não, e nem bem na tenda onde voinha nos criou eu consegui me manter trabalhando, na função.
mas sim, mesmo que seja bem diferente as casas de santo, se você compara como as outras igrejas tratam a gente, isso é uma coisa, né, outra coisa é sair por aí contando história de que orixá era roçona, que oxóssi escolheu viver com ossaim mesmo depois que o feitiço acabou. olhe, a avó mesma, proibir ela nunca proibiu, reclamar nunca reclamou; mas também nunca que voinha ia ficar dando dica de sapatonice e de viadagem pra

gente não. na verdade demorou anos, só depois de um tempo que eu já tava no complexo foi que avó mencionou o motivo da briga dela com mãe ter sido por mãe se apaixonar por mulher. avó não é mansa como parece pelo que digo, é claro que não. eu é que escolho mais as partes boas pra contar. receita da saudade.
a gente se trocava muita carta. nisso, também, eu tinha muita parecença com nereci — de novo alguma coisa da palavra juntando a gente. lá em casa cici escrevia as cartas que ela me mandava, já que as vistas de avó tavam cada vez mais ruins. olhe, pra não ter errada, isso é coisa do diabetes. ainda assim ela dizia que me escrevia no vento, e a outra neta recolhia as palavras na letra bonita, angulosa, larga dela. aqui eu era escrevedora também, como as outras internas costuma dizer. tinha dia que fazia fila pra eu escrever as cartas que as mulheres iam ditando. as mais novas aprendiam, cedo ou mais tarde, que não adiantava muito escrever pros macho delas lá fora não. quem respondia, mesmo, era mãe, era vó, era filho pequeno, uma tia. uma amante. mas moço, mesma coisa de dia de visita, oxente. dá pra contar numa mão de poucos dedos quem era o macho que vem visitar uma interna. quando muito, um pai. o advogado, pras raras, raridadíssimas, que tinham isso por aqui. muita gente puxando pena sem ser nem sentenciada. eu, não. assinei um 129. "lesão corporal seguida de morte". vou apodrecer aqui. já tô. talvez já vim foi podre, sabe lá. mas tem coisa que não dá pra deixar barato, num dá. lembra aquela música?

> *'minha mãe, o que eu fiz pra perecer diante da força bruta?'*

sim, de aline! linda aquela rasta. mas pronto, eu tava dizendo era o que cada uma contava ou não contava. mainha não poupava a gente de nada, nada. pelo que avó dizia, ela era muito rebelde sempre. questionava tudo que era ordem. nunca obedeceu macho nenhum, mesmo parindo duas filhas de dois pais diferentes. ela contava muito essas histórias assim, certeza que tava ensinando a gente, dando modelo pra gente. e acho também que era o jeito dela dizer de si, pensando agora. uma vez ela contou que Oxum não era dessas vaidade de ficar se olhando no espelho pra admirar beleza não. ela disse bem explícita que isso era caô dos macho pra enfraquecer "a fonte do poder das mulheres": o autoconhecimento. "a fonte do poder das mulheres". eu que já tinha ódio do meu pai pelo que tinha feito comigo, pelo que tentou fazer com nereci, só imaginava que as mulheres só iam ter alguma liberdade quando todos os homens tivessem se acabado na face dessa terra. mas não falei nada. sei lá, não queria que mãe sentisse vergonha por ter ficado com dois homens. sim, mas o quê, claro que muita sapatona tem vergonha de um dia ter dormido com homem.**

* www.youtube.com/watch?v=4walqiscNk8 — Aline Lobo, na canção "Na rua". Acesso em: 27 jan. 2025.
** cis.

mas falando de aline, sabe o que me lembrei agora cuma saudade? música. quase não ando ouvindo música aqui. assim, as crente cantam muito, né, pela glória do senhor, amém aleluia. mas quando eu tava lá fora ia muito em balada, já falei isso, né? ouvia era pagodão mesmo, rap, muito funk. barzinho com voz e violão era de lei, coisa de sapatão mesmo. aqui de vez em quando alguém anima uma rinha de rima, sempre tem uma rapper, uma ex-cantora. mas olhe, eu me lembrei é de... quando foi mesmo? quando eu tinha uns 16, 17, acho que foi a última vez que eu vi mainha. ela chegou em casa pouco antes do meu aniversário, 13 de junho, dia de santo antônio — e dia de Exu.

aliás eu ganhei esse nome em homenagem à avó, dona Antonia, antes de virar dona tonia na boca do povo, e também porque eu ia nascer laçada. prometida a santo antônio, que criança que nasce laçada pode morrer afogada. avó já foi parteira. contra o que todo mundo dizia, não deixou mainha ir pro hospital. e mainha confiava muito nela, não queria ser cortada. o médico disse que com cordão umbilical no pescoço só cesárea.

> *'eles parecem tão famintos. meu corpo de mulher,*
> *sempre pros sacrifícios'*

voinha não deixou não, fez meu parto. disse que eu nasci roxa, até hoje se alguém perguntar ela vai dizer isso rindo. "antonia nasceu roxa, roxinha". e ria, ria. mas diz voinha que toda criança nasce roxa, por isso que ela ria, entendeu? sempre matreira... ria com um pouco de raiva das mentiras que os homens inventam, as mentirada dos dotô, como ela diz, pra impedir a mulherada de fazer o que já sabe faz tempo. a glória da maternidade, não é? ligue não se eu pareço meio irônica assim. às vezes sou mesmo. agora? adivinhe.

'minha mãe, o que eu fiz pra merecer liberdade
tão fajuta?'

mas uma das poucas vezes em que voinha falava sobre nossa mãe era pra contar, muito orgulhosa, que ela não tinha tido medo de parir em casa não. que tinha confiado nela. e eu tinha nascido assim, perfeita, respirante. sempre nadei, cresci no mar. sou um peixe. essas crendice do povo é meio sem beira, de vez em vez. se eu nasci foi no dia de Exu, oxente, quem é que me segura? dono das encruzas, dono da rua.

'na rua já se corre perigo, imagine o corpo feminino'

tudo isso pra dizer melhor o que eu tava te dizendo, que teve um dia, um aniversário meu, em que mainha apareceu e me chamou pra ir ver um show de uma cantora negra que ela gostava demais. uma roçona de salvador mesmo, aline lobo, uma rasta... rapaz, será que eu tô é ficando leza? tive um dejavu ou já te contei isso mesmo? "é sapatão, viu, antonia?", ela disse meio rindo meio séria. ouvi aline cantando aquilo tudo, eu sei que mainha tava ensinando uma coisa importante pra nós três. nereci segurava na mão dela o tempo todo. uma sapatão preta cantando suas próprias músicas. na rua. eu só ouvi essa música aquela vez e nunca mais esqueci. não passamos muito tempo com mainha não. e por muito tempo tive muita raiva dela sim. às vezes tenho, ainda. avó deixou a gente acreditando, tempo de mais, que ela tinha ido embora porque queria. pra realizar o sonho de estudar, fazer faculdade. como a gente fosse um castigo. agora eu sei que não foi bem assim. mas de vez em vez tenho muita raiva. porém lembro mais é das coisas boas porque aqui já tem coisa de mais pra envenenar nossa mente. teve um dia que ela sentou cada uma de nós numa perna, era sempre perto do aniversário de alguma das duas que ela aparecia, e dessa vez ela pegou um espelho bonito bonito e perguntou o que a gente via ali. minha mente guardou essa memória como tivessem feito uma foto, chamar de selfie pra não parecer tão antiga! [...] quero água não, amada, não por isso. fazia é tempo que eu não ria assim. e o cigarro... pois então, mãe nos perguntou aquilo. e na mesma hora nereci respondeu quase sem nem pensar, tranquila, olhando ela mesma e depois a gente, uma de cada, no reflexo: que numa noite só cabia todo tipo de escuridão. lembro dela dizer isso, e de ficar olhando como a mãe era bonita. devo ter respondido alguma coisa bem cabeção também pra não ficar pra trás, né. mas maquinada, sem essa prontaza tranquila de nereci.

verdade, é de hoje que eu sou competitiva, sempre fui. mesmo que evitasse isso com nereci porque tanto mãe quanto voinha nos criaram pra sermos sempre juntas (elas diziam que nosso coração era um só, pique bob marley, rs), nesse dia eu devo ter tentado falar alguma coisa impressionante também. mas na lembrança fico é calada mesmo, só olhando elas no espelho. a cor da pele delas no espelho era uma mesma cor, mas de tons diferentes — o de mãe, mais pra um vermelhado. nereci meio como fosse açaí. lá fora eu tomava muito sol, o tempo todo. aqui dentro é que fui ficando meio cinza assim. todo dia era praia, corrida na praia. fim de tarde. às vezes um baba.

desde criança eu era assim, nada me viçava mais que entrar no baba dos moleque e num instante virar artilheira. oxe, e eu gorda desse jeito, então! aí é que eles se retavam mesmo. ou depois quando me cresci no corre... credo, nada melhor, passar aquele tanto de macho pra trás. vendo assim, isso que ajudou a tirar a disputa fora da relação importante que eu tenho com minha irmã, especialmente depois que nossa mãe sumiu de vez e principalmente quando me afastei dum jeito sem retorno da rotina de casa.

lembrando daquele dia com cuidado, aquela nereci no espelho já parecia uma criança que era uma velha que parecia uma criança. imagina um erê, sem tanta euforia. um erê de Nanã ou de Lufã, aquela calma aguda de quem já viu tudo que podia mas ainda assim se encanta com uma joaninha. um erê de Ewá! esquisita, segura. fechada, mas de alguma forma transparente. acho que nereci era assim, quando criança. um mistério até pra mim. não era da natureza dela enganar ninguém, não é isso que estou dizendo, mas aquela pessoa tão nítida e ao mesmo tempo indecifrável. feito o firmamento mesmo... diz que o céu não é mesmo azul, né? a gente é que vê azul, outros bichos vê de outras cor... ma, rapaz, o que eu desacreditei mesmo foi quando ela disse que ia pra marinha. marinha! namoral... é que a gente sempre odiou polícia, militar, bombeiro, força armada, tudo a mesma merda. tudo capataz, feitor, capitão do mato. até segurança de mercadinho eu pegava ódio numa faceza... vira-lata de patrão se achando cão de raça. e tudo preto, *preto preto preto* que nem a gente, tudo preto! onde já se viu...

mas acho que foi isso, é, que me desbaratinou um tanto. foi... ou assim que deixei esse choque me desembestar. fiquei relapsa. descuidada. camarão dormido... vixe, a onda leva mesmo. vim parar foi aqui. eu nunca que ia pensar que nereci ia embora da gente, do bairro. de casa vá lá, algum dia, por que não? mas sair assim da cidade... não sei é como foi que avó aguentou, vu. não sei se é drama meu, dessa tal dessas lua em câncer que as mulhezada gosta dum negócio de signo, nérrapá, mas foi indo que até a gata emagreceu, depois que iêci foi embora. quem vê até pensa que eu já devia estar acostumada, entende, depois de tanta vez que mainha largou nós... mas eu nunca que me acostumei a isso. e acho que a única raiva que eu tinha de nereci era por não entender como ela podia entender, compreender, aceitar, como é que ela podia perdoar. na real, como ela podia nunca sequer ter julgado, condenado mãe por ter ido embora, viver indo embora, ah, meu pai... eu... moço, não tem nem como te... aff.

nereci não. ela simplesmente nunca pareceu se incomodar. e amava a mãe tanto, todas as vezes, as poucas vezes, que a mãe voltava, nereci amava igual, como fosse que mãe tivesse acabado de chegar do mercadinho com um guaraná pra gente. e a senhora pensa que ela ficava triste quando mãe se ia? bom, se ficava nunca dizia, nunca mostrava. voltava à rotina como se mãe tivesse ido apenas trabalhar. ou pra faculdade. pra um samba, uma gira, sei lá. e de novo ficava feliz quando chegava. e continuava em paz quando ela ia. e eu tive muita raiva de nereci por isso. por tempo de mais. isso me moía por dentro, quem era ela pra se sentir superior assim? grudada em mãe assim? essa mãe que... vixe, é melhor eu mudar é de assunto, minha pérola, isso já me revira por dentro é de hoje. aceito água sim, agora sim, muito obrigado.

oito
*"em um domingo de sol, ou um dia qualquer.
apareça. me leve a um lugar distante.
me ajude a carregar [...]"**

---

* www.youtube.com/watch?v=CflFhqEzoEY — Luedji Luna na canção "Dentro ali". Acesso em: 27 jan. 2025.

nesse momento fátima deve ter 30, 32 anos, e está na cozinha com as filhas, desenformando um bolo redondo. as irmãs, então, são crianças e estão sentadas, uma em cima da mesa, a outra numa cadeira lendo alto histórias que ela mesma escreve. nereci às vezes interrompe a irmã, remonta a história com seus próprios detalhes, ou questiona um desfecho que em sua cabeça é diferente. *nereci, por que ao invés de ficar se intrometendo tanto nas coisas de sua irmã você não escreve em seu caderno de histórias também?*
antonia a defende rápido, alegando que é muito especial por ser a única pra quem a irmã mostra seus universos de imaginário. nereci apoia a irmã mais velha, revelando que sua história mais recente é sobre as mariletas que moram nas cores da parede nova do quarto recém-feito. *e o que é marileta, criança? olhe, vocês duas, se um dia vocês quiserem fazer bolo: não pode tirar da forma nem quente nem frio. agora que tá assim mais morno sim. viu? nereci, por que você não mostra as suas coisas pra mim? querem a rapa da cobertura?*
respirando duro subitamente, a mulher alisa a cobertura brilhante, escura em cima da lisura daquele bolo: quasi perfeito. conforme a espalha, o chocolate esfria e endurece. opaca. antonia passa um dedo no braço de nereci, leve, e explica à mãe que nem dona tonia tem acesso às histórias de nereci, só ela. fátima solta o ar de uma vez: balão correndo pela sala, escapulido do nó. os olhos secos, ainda. mas uma gota de suor, ou porque a

tarde vai escaldante ou porque a tensão da tarefa suou, pinga na beira do prato, enturvando a cobertura marrom com aquele tom leitoso, esbranquiçado de água maculando chocolate.
é isso mesmo, nereci? que descaradinha.
a sala não tem balões, só a família, a gata, o peso da tarde deitando no horizonte. é quase noite. antonia explica marileta ser o híbrido de cachecol e biquíni que já nos apresentou páginas antes. fátima para o trabalho antes de terminar, olha as meninas, o relógio. as irmãs riem frouxo da explicação. fátima nota suas dessemelhanças, tão explícitas, quase uma camada acima da parecença mais óbvia que alguém que conviva com elas aprende a catalogar, item a item, mania secreta que tanto ela quanto sua mãe compartilham, desavisadas.
inventação de palavra? vixe... vai ser poeta que nem a mãe. e eu achando que essa criatura, com sol logo em capricórnio, ia ter um trabalho de mais dinheiro...
antonia tranca o maxilar. nereci quer saber se a cobertura é de brigadeiro.
não, minha filha, voinha não gosta de bolo de cenoura com cobertura de brigadeiro, esqueceu? essa é de chocolate com açúcar, água e manteiga. foi assim que eu aprendi vendo meu pai fazendo, a cada aniversário dela... assim é que vocês vão aprender, me vendo fazer.
a criança pergunta sobre o avô. na boca da mãe, parece um homem diferente do marido que a avó desenha. a noite quase chegando, ela ainda não chegou. antonia

parece um pouco impaciente, conferindo o relógio de vez em vez.

ele era enorme, meu amor. tinha uma voz de trovão. tratava sua avó com muito, muito amor. e não gostava que a gente assoviasse dentro de casa pra não incomodar os Exus... um dia eu tava aprendendo a assoviar com os dois dedos, assim, e ele tava sentado no sofá, tocando uma violinha... em lugar de brigar ele me perguntou 'que é isso, minha filhinha, tá avisando os caboco que o feitor vem vindo?'

as meninas, quase juntas, querem saber quem era o feitor, pelo que dizem seus olhos — mesmo que só uma delas demonstre interesse pelo diálogo.

é capitão do mato, o mesmo que capataz. um preto que os branco pagavam bem pouco pra perseguir outros preto que fugiam pra tentar a sorte de ser livre.

nereci não deixa de notar a semelhança com a polícia mas é antonia quem reclama da liberdade de plástico daqueles homens, mandados pra oprimir: todos controlados, de uma forma ou outra, pelo mesmo sistema de brancos.

vocês duas tão certas. e a gente nasceu foi pra ser livre, né? minhas filhas, escutem, o avô de vocês era um boleiro maravilhoso que amava cozinhar... mas trabalho de cozinheiro da marinha era muito puxado. ele viveu em tempos muito duros, quando os homens eram ensinados que tinham que ser muito cruéis. o coração de painho não aguentou tanta dureza não... não era essa a natureza do coração dele, entendem? foi por isso que decidiu parar de bater.

a mulher pede à filha que busque na portinha de vidro do armário uma faca boa. "uma navalha", ela diz. as duas se olham e decidem silenciosamente quem vai. a menina pega a faca e vai até a mãe. segura a faca ao seu lado, estende-a. faz uma pergunta sobre o pai de seu avô: é verdade que ele era escravo?
muito agradecida. ponha aqui, por favor.
fátima bate com os dedos um espaço livre na pia. suas unhas são curtas, curtíssimas. a menina lembra das unhas feitas, pintadas, grandes das outras mães. fátima pega a faca fina e marca um ponto no meio do bolo, e logo um círculo menor, paralelo ao seu diâmetro, mais perto do dentro-ali daquele bolo da memória. em seguida traça linhas que partem do centro às bordas, esboçando as fatias.
escravo não, minha filha. escravizado. lembra que já conversamos sobre essas palavras? é verdade sim. e também é verdade que ele fugiu e foi viver num quilombo. porque até a liberdade clandestina é melhor que a escravidão. foi lá que meu pai nasceu, e também sua vó, minha mãe. vamos comer antes que ela volte? depois vocês se banhem, e eu tenho que partir. daqui a pouco as cigarras começam a cantoria pra avisar que já é tarde... antonia, que foi que tá amuada?
eu queria saber, minha mãe, como é que a gente vai aprender alguma coisa com a senhora, se a senhora sempre tem que ir embora daqui a pouco.
a pergunta navalha. sem interrogação. talha o tempo do afeto. sente um nó se formando na guela das três

mas acha que é só na sua. é só na sua? talha o tempo da memória. mas no tempo-cozinha, no tempo-aniversário, no tempo-bolo, naquele tempo, a mulher teria se aproximado das filhas, se inclinando bem rente em frente a elas pra pousar seus olhos na escuridão dos delas. a mulher teria estendido um braço, atravessando três quartos da distância curta entre elas, e outro braço, tímido mais, só mal afastado do próprio corpo, suspensos ambos alguns segundos ali, na dúvida de um abraço. mas antônia só se lembra de fendas, cortes, fissuras, cisões, escolhas. não retém suspensão, dúvida, hesitação, tentativa, frustração, vacilante, morna, na memória.
fátima sorri, ou meio sorri?, não, chora. memória que talha, falha. diz que é hora de cortar logo esse bolo, antes de dona tonia voltar, antes do sol ir deitar.

> "[...] *essa maleta | onde eu guardo meu cansaço |*
> [...] *e a vida dos meus filhos | que é tudo que eu tenho*"

antonia tampouco se vai lembrar que naquela tarde fátima deixou a cozinha absolutamente limpa depois do aniversário, antes de partir. quando ela ainda morava na casa, detestava o trabalho doméstico; sempre convencia as filhas a fazer a maior parte da arrumação, em troca de prendas ou às vezes moeda. não sabia cozinhar. só fazer aquele bolo de cenoura com cobertura craquelada de chocolate. e antonia ia lembrar de detestar isso na mãe, também.

mas com ela é que tinha aprendido a toda santa vez esquentar água antes de começar a lavar louça. "pra lavar direitinho o plástico dos cabos de talheres, ou a gordura nunca sai direito e sua avó se reta." como a mãe, juntava todos os talheres numa vasilha, num prato, num copo largo antes de lavar, nunca os deixava por baixo de tudo, sujando inda mais do que já tavam. e ainda como a mãe, conscientemente esquecido mas fincado na genética emocional do inconsciente, mantinha uma bucha específica para limpar a pia depois de lavar a louça toda. e a mania de nunca deixar facas de ponta pra cima no escorredor, "assim ninguém se machuca".

agora, anos-luz longe daquele bolo, antonia olhava do sofá a pia da própria casa, imaginando o entulho de copo misturado com vidro quebrado, com resto de comida (outro pecado da breve bíblia de afazeres domésticos de fátima), prato sujo, guimba de cigarro, uma agonia específica irritando ela de um tanto que gelou o beq, virando cinza entre seus dedos, polvilhando o sofá, o que deixou kindara estressada, empurrando as pernas de antonia, por cima das suas no sofá.

ela volta. se ajeita e pega o dichavador pousado no braço do sofá minutos antes. dolinhas de pó, um pouco de pedra pra quem ousa se divertir desafiando os grandes. numa mesa, sobras de bolo, é seu aniversário novamente. nada de cenoura e calda de chocolate de gente velha, dessa vez. marshmallow, brigadeiro, massa red velvet da padaria xiquetosa do rio vermelho.

na liberdade frouxa entre quatro paredes, tainã e uma outra *sensualizando* num lado da sala [antonia tem ginge dessa palavra, mas é isso mesmo que elas tão fazendo]. tainã se esquiva dum beijo rindo, senta no colo da amiga pra fular a fila da bola, antonia pensa no descaramento mas não fala, e, de todo modo, quando a dona da biqueira apaga o beq, só a mulher dela, se tiver bem loka, vai reacender. hoje ninguém quer treta, DR, porradaria. tainã pega a visão e sai do colo de antonia, tá chapada mas não é burra. a outra pensa, com alguma raiva, que é por causa daquele tipo de joguinho que ela nunca vai merecer nereci. mas sua raiva, ainda, é por causa da nojeira na pia.
mentira.
é por causa da mãe. de novo.
acende o beq outra vez, tainã senta. finge que vai passar a bola pra ela, não passa. dá outro trago e sopra uma peruana na boca da amiga, que rouba o beq. mais joguinhos. kindara é a mulher dela, pode fazer o que quiser: bola uma vela, mas olha a outra com olhinho miúdo. antonia, depois daquele B.O. pelo tapa na cara, pode parecer muito madura e responsável afetivamente, mas sinceramente: 300 anos de escravidão sexual e outras tantas décadas de novela absorvidas em casa por osmose ensinaram bem direitinho como é que tem que ser pra ser *o cara*.
antonia é a típica *stone cold butch* dos livros que não são muito traduzidos pra cá: aqui é caminhonera mesmo,

machorra, mulher-macho. roçona. e performar lesbiandade como um arremedo da masculinidade pode ganhar poucas estrelinhas na cartilha feminista mas garante muita coisa na vida duma sapatão de quebrada: segura tainã pela cintura e beija kindara, um teste. kindara beija de olhos bem abertos, tira a boca rápido. a resposta. brinca com a aliança no dedo. aquele beijo duro também aprendido em novelas, muitas lições. por exemplo: que tipo de resistência faz parte do jogo de forma atraente, que tipo de resistência te deixa parecer surtada. do lado de fora da casa, uns muleque preto fumando um, conversando. um deles fica tenso ao ouvir sirene de polícia na outra rua, o led intermitente caminhando lento por um bequinho, colorindo um pouco a noite onde a prefeitura insiste em esquecer de acender poste.
um deles mete a cara na janela e avisa antonia, que sai da cena da novela mas ainda como galã, aqueles galã de segunda das famílias de subúrbio das novelas, se levanta devagar enquanto diminui o som. guarda o que é mais grave nos flagrantes. a massa não, fica na mesa mesmo. ostentação. no caminho curto de onde está até a porta, para num espelho pra meter o cabelão num boné.* nunca quis cortar o cabelo curtíssimo como a maioria das sapas que conhecia. para antonia, aquele cabelo era um exercício de liberdade. quando pequena, sua mãe inventou que uma colega do trabalho tinha

---

* a masculinidade também se exercita em códigos como este.

cortado curtinho, "a nuca rente, na navalha, coisa mais linda", e quis cortar o de antonia, que esperneou, deu escândalo, tentou fugir — o ritual da avó, toda semana, penteando e desembaraçando seu cabelo com óleo de coco-babaçu, era o momento que antonia mais esperava quando criança.
não adiantou. dona tonia quis interceder pela neta, fátima e ela em guerra fria, ora queda de braço como agora, em torno da própria sexualidade da mãe das meninas, a luta por determinar sua própria aparência: no ápice do desespero das brigas com a mãe por estar sim dando a porra da buceta dela pra porra daquela mulher, achava que, cortando o cabelo da filha, cortar o dela também não ia mais ser tão drástico assim, o tema de qualquer falta de assunto, as alfinetadas, diademas, presilhas, putinhas de cetim de presente a todo momento. a mais velha entre elas, que até então chamava a pequena de "atuné", apelido dado pelo avô morrido uns dois anos depois dela nascer, quase um antes de nereci chegar, não tinha entendido nada daquilo. corte de cabelo de uma pra disfarçar sem-vergonhice da outra? guardou as palavras, mesmo sem significado ainda, na cachola, que, jamais admitiria, fazia menos calor agora com o corte novo.
dona antonia só queria proteger a neta. não deu certo. mas antonia nunca mais deixou ninguém se meter nas coisas dela desde então, foda-se a amenizada no calor, a porra do cabelo era dela. foi numa tardezinha voltando

da consulta com uma travesti de quem cuidava desde
criancinha (e essa tolerância da mãe com as viadagens
alheias ser só de casa pra fora transtornava fátima) que
encontrou antonia apontando uma faca pra mãe. fátima,
perplexa, segurava um boné azul, decerto arrependida
de ter cortado o cabelo da filha (depois de tanta fúria,
não teve coragem de cortar o seu próprio até sair definitivamente da casa).
...
atuné?
ATUNÉ!
A N T O N I A D E J E S U S!
a criança jogou a faca no chão com tanto ódio, que
lascou um pedaço. dona tonia nunca mais conseguiu
chamá-la pelo apelido doce que o marido tinha dado. o
que nenhuma das duas mulheres nunca ia saber é que
o ódio de antonia era todo forjado pela escola. já era
perseguida por jogar bola. por ser gorda. cabelo curto
era coisa das crianças que tinham piolho. e isso ela não
queria ter que suportar. foi também nessa época em
que aprendeu a revidar. não tinha fundamento sentir
machucado no peito, apertamento na garganta por ser
chamada de gorda. muito menos de sapatão; ela sabia,
desde muito nova mesmo, que gostava era de mulher.
problema nenhum.
mas piolhenta era o nome que as crianças brancas usavam, veneno escorrendo das boquinhas finas, pequenas,
como fonte de humilhação e ataque às crianças pretas

cujas famílias não tinham dinheiro, mesmo, pras loções farmacêuticas com os pentes finíssimos (sequer passariam pela carapinha de muitas delas, na real). na lista das traições imperdoáveis de fátima, essa era a primeira, e, por ser a mais antiga, era também a que doía mais. por isso antonia sempre tinha tido cabelera grande. achava que assim nunca que ia parecer com sua mãe. ou com o tipo de sapatão que era ela. depois dela mesma sair da casa da avó para viver com kindara, a pirukona estava muito menos cuidada, mas o orgulho era o mesmo.

a casa das duas era um sobrado fino, três andares, cada piso um revestimento de azulejo diferente; só a laje no tijolo, no último piso, o do varandão/sala de jogos. assim que começou a crescer no tráfico, antonia trocou a telha por cerâmica. kindara nunca tinha se sentido tão amada. nem tinham se juntado, ainda, mas antonia já vivia mais lá do que na casa da avó. e, depois dessa reforma, aí é que não dormia em casa mesmo — aliança até que elas usavam, mas registro em cartório é niúma: o ritual do casamento tinha sido a troca daquele telhado, o churrascão no outro dia. eras de memória em segundos. antonia caminha até a porta, apaga a lâmpada da sala, liga a de fora. pisa na soleira e um vento macio, repente, gira quase a mói de luz sobre seu orí.

e como fosse filme, é ela acender essa lâmpada-luz que o carro da polícia entra na rua, diminuindo mais ainda a velocidade já ralentada [pensa em câmera lenta dessa vez: som abafado, só um eco fantasmático da música

vindo da penumbra da casa]. das janelas três policiais exibem fuzis. são todos pretos, em diferentes tons. o carro para em frente à casa e-xa-ta-men-te quando a lâmpada se assenta, enquanto a luz [pensa s l o w m o t i o n de novo: malembe*] cobre antonia num manto de dourado opaco. um cotovelo se achega na janela, o lado do motorista. códigos. masculinidades. segurando o beq entre os lábios, antonia põe a regata pra dentro da berma. códigos. masculinidades. até o eco da música silencia quando ela dá um último trago, fundo, lenta, e se inclina até uma quase cócoras, um joelho mais alto que o outro, espinha ereta. um braço encosta noutro joelho tranquilo, esmaga a ponta no chão. outra mão na porta do carro da polícia e levanta o rosto devagar, quase na altura do cana, só alguns centímetros acima. códigos. masculinidades. o policial se dirige a ela com um riso de canto. ela não vê, mas ele tira a mão do câmbio de marcha e coça o saco. códigos. masculinidades.
tudo certo por aqui, muleque? teve ligação da vizinhança reclamando de som alto.
solta a fumaça devagar no rosto dele — sua masculinidade também tem códigos estritos — antes de responder devagar:
e seu pai, bento? como vai? diga a ele que ladrão que rouba ladrão acorda comendo é terra, vu?

---

* como a avó de larissa a ensinou, como na canção do efó.

no carro, um dos policiais ri abafado. bento entrega um envelope para antonia, que levanta pra contar o dinheiro paciente. dá-não-dá, em troca, outro pacote pra bento, ri, as mãos rápidas.

um beijo em dandalunda, bento. diga a minha afilhada que vamos na ribeira domingo.

lembranças à dona tonia, muleque. apaga os faróis. dá a partida. acelera sem sair do lugar. códigos. masculinidades. *e se ligue, viu, antonia, mês que vem saio da ronda. não vá rodar...*

antonia pensa em responder "nove da manhã de domingo", mas um arrepio pelo braço a distrai. o carro se afasta mais rápido do que chegou. tudo volta a respirar. na sala é mais luz e som que antes. um aperto na boca do estômago. quer ir no banheiro lavar o rosto, as vistas se enevoando, mas kindara quer cantar parabéns, partir o bolo. quase esqueceu que era seu aniversário. rodar agora ia ser lost. dezoito anos. comemorava por dentro, só com ela mesma e o fantasma da mãe, dez anos sem cortar o cabelo.

sete
fruta-pão com manteiga,
café bem açucarado,
& um recado amargo

era uma vez alguém chamada antonia das mercês. ela queria ser motorista de caminhão! mas a vó delas...

— delas quem, nereci? — pergunta e come uma gota pequena, a língua bem esticada na boca bem aberta, os olhos bem apertados.

ela e a irmã dela, né!

— oxe, e você tinha dito que ela tinha uma irmã?

espera eu chegar nessa parte, calma. olha, já chegou: então, antonia das mercês tinha uma irmã viu? a irmã ia ser marinheira. a vó delas queria que elas fossem pra escola estudar! todo dia estudar estudar estudar. uma apertação de mente... era chato, num vô minti, mas elas bem que iam. porque elas sabiam né que a vó queria o melhor pra elas... e a merenda da escola, tamém, era uma riqueza... só que aí a irmã mais velha cansou. cansou da escola e fugiu!!! porque ela queria mesmo era ser motorista de caminhão, como ela só gostava era da merenda da escola quando teve greve das merendeiras aí ela não tinha mais graça nenhuma naquela escola então ela fugiu na caçamba do mesmo caminhão que tinha levado a mãe delas embora pela quarta vez, um pouquinho depois do aniversário dela. lembra? ainda tinha um papel com parabéns pra você de giz de cera colado na geladeira.

a chuva, cada vez mais amena, vai limpando espaço no céu pro dourado absurdo dessa tarde guardada na memória de uma delas. das duas. ou de nenhuma delas. a avó das crianças não é só uma personagem da história de nereci (mesmo que seja só uma personagem aqui). a avó se chama dona antonia, tonia, tonica, e surge na

porta da cozinha que dá pra esse quintal da memória em que as duas brincam de inventar a própria história. a velha delas (a)parece cansada ou triste por um momento mais rápido que uma gota pesada caindo do pé de árvore do quintal quando pousa um passarinho num galho mais cheio de folhas. mas é tão rápido que, se não tivesse escrito aqui, ninguém nem ia perceber. ela ouve o derradeiro na conversa de antes e sente saudade da própria filha. isso dói. mas sorri um pedaço antes de chamar as meninas pro café.
as irmãs vão, espreguiçando, sentando, brincando, sorriem de volta pra vó. não são mais meninas agora: adolescentes já. máquina de prever futuros, também, essa memória; máquina de inventar futuro, a narrativa. a diferença de idade entre elas é menos aparente agora do que era na cena anterior. enfim levantam, uma num pulo, outra soluço, mãos dadas até a beira da cozinha. seus pés molhados, as canela meio pintadas de quando a água da chuva respinga de volta, microchuvas pelo avesso. tem até um Exu de ferro no batente da casa: respingado de barro também, que a chuva abençoa a tudo que toca. e a lama também, Axé.
antonia vai no canteiro de ervas que cresce no pé da parede descascada dos fundos da cozinha, a janela bem aberta agora. canta algumas folhas de capim-santo e manjericão antes de tirar, precisa e cuidadosa Agô. nereci entra pela cozinha da casa pequena, simples, antiga, confortável em que vivem há tanto tempo que parece

sempre, que pra sempre será. a velha aparece na soleira, observando antonia antes de dizer. mas diz: que pegue hortelã, que nereci não gosta tanto assim do chá preferido delas, que lembre de sua irmã. na memória, antonia tem um pouco de dificuldade em lembrar no que mais era par com a avó, além de chá de capim-santo com manjericão. e mesmo esse, depois de um tempo, ela foi parando de adoçar — dona tonia não, tomava quase grosso, de tão melado. mas na cena ela só sorri de volta, continua o trabalho com a hortelã já na mão, sob as outras ervas. pega algumas flores-de-colônia também, um arbusto não tão junto da parede, as bagas começando a amarelecer. o cheiro do chá de colônia abrindo o céu à escuridão povoa a memória de antonia, e ela deve lembrar: que as flores parecem massinha, de brincar, ou é cera a metáfora exata? translúcidas, róseas dum morno infinito cobrindo o céu de baixo pra cima (essas cores são nome duma deusa também). mais pra cima da cintura do horizonte, nuvens cavalgando um cinza opaco, nem precisava vento frio soviando temporal, barulhando as folhas do pé de árvore no quintal pra dizer (vento sempre tem um recado) de algum lugar; sempre é óbvio que vai chover (e é, ela mesma, uma outra deusa, monumental).
dentro da casa, na mesa da cozinha, fruta-pão bem quentinha suspirando um voile colonialmente "branco", mas translúcido, na verdade/por exatidão/a bem da verdade. a manteiga se derrete pela maciez daquela

carne concisa, quer se enfiar. o café docíssimo sopra seus vapores também: embaça os óculos de nereci enquanto ela enche o quente-frio. três beijus num prato. um balaio de palha trançada com oiti maduro, mais que um punhado, já pintou verão. banana-da-terra frita com canela no fogão onde antonia termina o chá. viver muito como um rei. as duas conversam animadas sobre o dia, chuva-e-sol, ameaçam o café da avó com pragas de diabete. a memória do sangue preto há que ter mais cuidado com as transmutações da cana, minha avó, qualquer uma das duas netas poderia dizer. a navalha do canavial é a mesma da história. dona tonia só quer mais um instante doce na boca. sem ampolas. salsão, diria às netas, é remédio antigo pra regular insulinas traumatizadas pelo tráfico atlântico, pra acalmar a genética tão dura quanto o cotidiano, pra suportar vícios de doçura. e a doçura do cuidado das netas, espelho exato do que ouviram tantas vezes, nas poucas em que estava, a mãe dizer à sua mãe. a mãe da mãe delas. de novo o fantasma de fátima por ali, se inda morasse na casa não seria tão presente, deuzémais. a doçura dói também.

eis que entra uma vizinha a ser alentada pela benzedeira e aquele fluxo inverso lhe apertando o peito perde o foco, fátima sumindo na fumaça entre as fumaças todas da mesa do café. aperreada com sabe o quê, quer lanchar não, gradecida, deusabençoe, as menina que perdoem roubar a avó da sagrada hora da partilha do

pão. as irmãs respondem um boa-tarde polido, antonia pergunta por tainã, antecipa uma preocupação. a mulher trinca três vezes, chave gasta forçando um cadeado velho. ferrugem. não chora, mas também não responde. enquanto comem, ouvem a avó no outro cômodo rezar o desespero da mulher. e recusar seus apelos, suave e afiada como a faca que nereci usa pra dividir a fruta-pão em mais pedaços: esse chá, só se tainã mesma for até lá. antonia pensa ver os olhos da irmã acenderem, um outro tipo de ferrugem. nereci veste de novo as lentes, sopra a xícara fumegante. se você tivesse lá, teria visto os olhos nublados dela sumindo no vidro fumaçado também, instantes depois da mulher passar de volta pra rua. sente aquele cheiro de alfazema, naftalina e cigarro barato que o quarto delas tinha. já tinha se empesteado também daquele cheiro. naquele quarto. o cheiro de tainã.
e no ecrã da memória ela se vê, parada no batente da porta do quarto, vendo tainã dançar de leve, se achegando nela. cigarro. naftalina. alfazema. soltando o cabelo grosso, longo, crespo. alfazema. naftalina. cigarro. tirando a blusa devagar. alfazema. alfazema. alfazema. saliva, suor, calor, alfazema, saliva. mamilo. mamilos. cetim barato. saliva, a saliva de tainã cheirava a uma cica aguda, fisgava ela, insistia. nereci ia embora mesmo. não tinha contado ainda pra ninguém mas ia embora, mesmo. a passagem comprada. matrícula feita. ela ia mesmo embora.

vem, nega, tá com medo de mim?

oxe oxe oxe oxe oxe. medo o quê. eu vim deixar o dinheiro que tua mãe pediu pra te entregar, tainã. para de show. ela disse que vai demorar até umas nove horas e que você tinha que ir na venda antes de fechar, confere? ela me pediu também pra trocar o gás, que a princesa sozinha não dá conta, num é?

vai estragar as belas unhas esmaltadas da leide. mamilosalivamamiloalfazemacetimmamilomamilomamiloalfazemasaliva.saliva.saliva. a mão quente de tainã agarrando a mão dela, puxando o dinheiro não sem apertar.

pronto, já me deu o dinheiro. vá trocar o gás e se pique então, quero ver. vai ficar me telando aí pra quê então? com essa risadinha de malandro. eu sei bem o que que tu quer, viu, nega? olho de cachorro do cão.

rapaz, eu já te pedi alguma coisa nessa vida? me ofereça pelo menos uma água, mulher. o que aconteceu com sua educação? bicha tabaroa da porra. e tome, se vista.

ô, nega, precisa me jogar a blusa assim? vem aqui, vem, nega... eu tava era brincando... vá embora inda não, neci...

me largue, tainã. essa não é a cama de sua mãe? tu é muito é descarada.

é minha cama também. que horas mesmo ela disse que vem?

"nove horas de relógio!"

teu sorriso é um presente, nega. vem cá, venha, venha, venha. tem tempo ainda.

pra quem? tempo de quê?

oxe, pra tu, nereci. para tu, para é tu de show. para de jogo! tu nunca nem tinha entrado nesse quarto antes! aquele ano todinho eu fingindo que tava estudando pra te trazer aqui. um ano você veio aqui sem nunca pisar no quarto, nega.

água de cheiro... canela, rosa branca, alfazema... aquelas água de cabaça que você fazia, rapariga. tentou me enfeitiçar. eu sei. meu corpo é fechado, princesa. *sabe. sabe e não fez nada. sabia e não fez nada. agora fica aí fazendo nada. me telando, parada. é o que que tu quer de mim, nereci?*

esse cheiro na tua saliva... já tinha. eu sinto teu cheiro de longe, inã.

esse cheiro de cigarro na casa lembro não. tá fumando é?

é mãe, nega. depois que a polícia matou akin, o coração de minha mãe partiu, tu sabe. nem sermão de pastor faz ela largar mais. deixa ela. eu aproveito um pouco pra fumar um pouquim em casa, ela parece que tá chapada sempre, nem vê a diferença, mas tem vez que é só tristeza mesmo. só que hoje parece que eu tava te adivinhando, nereci. não fumei nem um cigarro o dia todinho. é pra tu beber minha saliva pura.

esse riso teu é quase um presente pra mim também. essa tua gargalhada de Padilha, inã.

oxe...
você se passa, sabia? com essas chatice. odeia cigarro, reclama de tudo. por que cê fez eu esperar tanto tempo assim, nereci? tu não sabe quanto tempo eu esperei pra cheirar você assim, no cangote, disgrá. eu só queria ser tua.
e por quanto tempo isso ia durar, tainã?
tsc. venha.

minutos cheios de horas.

silêncio. cio. cio. cio.

saliva. saliva. saliva. saliva por todos os poros. o contraste dela toda vestida e a outra não. meio que dando só um pedaço de si àquela por quem se enfiou arriada num mundo de anos. era a justificativa racional. nereci sabia, lá no dentro onde as palavras são bobagem, que se não fosse a passagem comprada, se não fossem as nove-horas-de-relógio, seu orgulho quebrado não saía mais dali. de dentro da outra.
cada vez que tainã gozava, nereci tinha um medo fundo de ser incapaz de seguir ignorando aquele bicho sem nome que morava escondido embaixo de sua pele e tinha dormido tanto tempo pra agora acordar com a Fome Do Mundo, só soluçando em cada rebolada-chicote, em cada suspiro de agonia, em cada poro eriçado na carne escura da outra. finalmente sua, naquelas horinhas injustas.

do carmo ainda se atrasou alguns minutos mais que as nove horas de relógio. ela contou, da primeira gota de saliva à última gota de entrega, os minutos em que tainã foi dela. mas nereci, talvez, é que não fosse de ninguém. e poucos dias depois, no vento duma festa de laje, quando as duas finalmente se reencontraram, nereci voltou a tratar a outra com o distanciamento que tinha construído desde a adolescência. o dia em que nasceu aquele bicho, aquela fome. desnutrido conforme alimentava a distância na memória afiada do dia em que de uma vez por todas questionou tainã se ela não se lembrava não do beijo que tinham dado, meninas ainda, embaixo das canga na praia do solar.

foi uma das poucas vezes em que do carmo foi com elas à praia, um programa rotineiro antes de fátima partir de vez. nereci nunca ia se esquecer de sentir o coração gelando ao ser surpreendida pela mãe, que levantou bem devagar um pedaço da canga que as crianças arquitetosamente tornaram em uma cabaninha entre as poucas árvores dali, e foi sem raiva, sem bronca, com uma gota de diversão na voz, que, depois de pacientemente assistir o ensaio de beijo, alertou às meninas que tivessem cuidado ao fazer coisas assim.
não tem nada de errado. mas tem gente que acha que tem. especialmente sua mãe, tai, não ia gostar muito de saber disso não. então, enquanto são pequenas, só tenham cuidado, tá bem?

aquela foi a primeira vez em que nereci amou sua mãe pra sempre, e antecipadamente a perdoou por tudo que houvesse, tudo que haveria, o que quer que fosse. foi também a primeira vez em que tinha sentido poder tocar tainã sem nenhum pretexto, nenhuma fingição de acaso, nenhum esbarrão, nenhuma grosseria calculada pra sentir um pedaço daquele calor enquanto fingia perturbar a menina. a verdade mais clichê é que ela amava sua pretinhosidade roliça, a maçaroca do cabelo macio, sua risada alta desde que eram pouco mais que bebês. tinham crescido brincando de coisas assim, quando estavam só as duas: nereci era o marido, tainã a esposa. nereci o herói da novela, tainã a mocinha. governador/primeira-dama. médico/enfermeira.
naquela tarde antonia tinha decidido que era já muito grande, em seus 12 anos, pra participar de qualquer brincadeira besta dessas de menina nova — sua indulgência com a infância de nereci acabando conforme a infância dela mesma acabava, também. só tinha ficado para dormir um pouco do lado de dentro da cabaninha depois de ajudar as meninas a montarem todas as cangas, galhos, suportes porque o sol lá fora tinha subido demais, e não aguentava mais as tentativas de evangelização de dona do carmo.
antonia era grande, acabou ocupando muito espaço. por isso, nereci e tainã ficaram mais perto do que nunca mais tinham se permitido: já eram quase adolescentes e nereci sentia, com o passar dos verões, cada tipo novo,

estranho, irresistível de arrepio se apresentando à sua pele toda vez que triscava, sem querer, na pele de tainã. antonia não acordou, nem depois que a mãe apareceu. esse beijo trouxe mais que arrepio. trouxe apertandos fundos em lugares seus que tinham ficado clandestinos desde a tentativa da invasão. agora a respiração volumava, feito o ar se tivesse enchido dágua. sentia que flutuava. o susto com a entrada da mãe só dramatizou aquele mafuá de sensações com uma suspensão cênica. mas a calma, o cuidado da mãe amainaram um pouco a vergonha, deixando se espalhar tranquila aquela primeira assunção explícita de seu desejo. nem por isso nereci quis ficar mais ali. saiu da cabana, foi se entregar ao mar. não cabia mais que um beijo escondido. água e sal pra enganar aquela fome.

tempos depois, as três tomavam juntas o porre de estreia de sua adolescência. e enquanto antonia, arrasada pelo primeiro namoro terminar com ela sendo acusada (justamente) de traição (enfaticamente negada), se limpava na bica depois de vomitar, nereci se armou da coragem etílica e perguntou a tainã se ela se lembrava daquela tarde, na cabaninha, naquela mesma praia.
tainã, fingindo desentender, levantou sob o pretexto de ajudar antonia a se equilibrar na bica. foi a primeira vez que uma mistura aquosa de verdor, quentura e densidade se revirou dentro de nereci. a fome do bicho se banqueteava em vingança. e nereci prometeu a si mesma que

nunca mais daria abertura alguma a tainã. tinha buceta era muita nesse mundo. aproveitou pra dar também a seu primeiro porre motivo digno, ainda que enterrado na raiz densa de seus segredos.

agora toda essa memória já se esqueceu por debaixo de tanto tempo. mas a febre hostil que governa a relação das duas é rotina sabida de todas elas, inclusive antonia. vendo assim, nereci tão engajada no flerte da semana, aquele jeito já bem conhecido de tantas que querem passar rápido por cima de uma relação recém-terminada, antonia não ia nunca jamais saber que as duas tinham trepado (ou melhor, que nereci tinha se acabado de comer tainã) — não sabia nem mesmo com muita certeza que o namoro mais recente de nereci com tulani, uma preticinha universitária, feminista, que encontrou poucas vezes por estar tão afastada de irmã, tinha terminado. deviam estar juntas há quase um ano, antonia ia fazendo as contas de cabeça, e presumiu pela voracidade da paquera na fila que tinham terminado mesmo. porque nereci era muito mais galinha que antonia, tinha ficado com bem mais mulher que ela desde sempre, mas sempre era muito correta com tudo, nunca traía, nem emendava direito uma relação na outra, realmente; só adorava essas conquistas de uma noite só entre as relações porque tinha muito brio, e também porque podia. antonia era quase tão requisitada quanto nereci, mas a veia de barraqueira e canalha era pública demais, não dava pra competir com o pavão misterioso da irmã.

talvez fosse o ar de seriedade dela que acirrasse o afã de conquista sapatão. talvez a fundura dos olhos límpidos. talvez por ser tão galante, atenciosa, focada quando queria porque queria uma mulher — ou eram os dedos enormes, largos, a promessa que sugeriam. ou o sorriso brilhante que exibia todo domingo no porto jogando futevôlei com os homens, dos quais sempre ganhava. ou tudo isso amontoado. mas, óbvio, a fofoca que corre, e a verdade é que pouca coisa faz tanto sucesso quanto histórias sobre um dildo bem manejado.

essas coisas antonia mesma via, ou ouvia da rama de mulher que sempre tentava chegar a nereci através dela. até presentes pra irmã arredia antonia já tinha recebido. uma vez comeu duas caixas de bombom porque nereci desprezou o presente, mesmo tendo agradecido numa gentileza distante à interessada, quando a encontrou cara a cara numa fila de festa feito aquelas. ou tinha sido num são joão em que não conseguiram ir pro interior? uma festa de largo e eram cocadas, não era chocolate... antonia se comparava pouco à irmã, era mais um espelho mesmo. ela era muito direta. parecia simples. nereci. antonia não, em tudo aquele ar de confuzera. e, mesmo desconhecendo o mistério, tinha vivido muitos anos com sua irmã: sabia que essa capa irresistível de seus atributos, trejeitos, modos tinha uma raiz funda, estranha, alguma coisa entre indomável e doida. como

Oxum e Odé estivessem sempre se cortejando no duelo por tomar as rédeas de seu Orí.
e de alguma forma a retidão da irmã sempre tinha tido cheiro era de deslize, pra ela. temporal com desabamento. tragédia contida. ela já imaginava todas essas coisas, fazia tempo que vinha montando o quebra-cabeças que era a irmã dentro da própria cabeça. mas aquela noite no frevo foi a primeira vez que viu transbordar com nitidez o que por tanto tempo se disfarçara de destempero, crises esporádicas, perda temporária de cabeça — mas era raiva, raiva mesmo, raiva na fonte velha do medo de ser acossada de novo, nunca mais, jamais, não.
lua cheia, maré cheia. fila cheia. as irmãs, com várias amigas, bebem, todo mundo fala alto, ri, dança um pouco quando gosta da música que passa se deformando conforme o carro barulhento cruza o caminho delas, segue adiante. é porque hoje é sexta-feira, mas Oxalá só cobra seus filhos até às 18h, oxe.
antonia ia perceber, reconhecer, receber aquela raiva de sua irmã, intuída faz é tempo, como a maresia de quem passa a tarde toda dentro do mar saindo pra perder a certeza da gravidade em desafio de saudade úmida, seco reequilíbrio. a real é que antonia ansiava faz tempo por ver essa raiva brotar. *blazê porra nenhuma, que contida o quê, e eu já sabia. sabia sim. sabia que ninguém de sangue nosso era imune a qualquer tipo de paixão.*
mas vamos deixar o curso das coisas caminhar por si:

por enquanto tudo normal, "tá tranquilo, tá favorável": nereci flertando mais de canto, antonia e kindara se pegando ostensiva, displicentemente. elas estão em bando, a coragem da função cresce com a coragem da bebida, e antonia não sai mais de casa desarmada. alguém, na frente delas, começa a se insinuar: o sonho machista de duas mulheres numa cama não respeita sapatão nenhuma, nem as gordas, nem as casadas, nem as pretas. antonia fica mais perplexa que irritada com a falta de limites do sujeito, a insinuação de que uma roçona daquela tenha qualquer uso pra um homem em sua vida, mas mesmo assim empurra, só, o cara com o ombro, respondendo antes à sua própria raiva que a qualquer perplexidade entediada com os scripts repetitivos dos macho — antonia conhece bem os códigos da disputa, regida por marte que é.
além disso, quer que o sujeito entenda que a rinha, ali, é mano a mano. os outros o impedem de se estabacar, e ele se reequilibra já tentando cair pra cima de antonia, que fica novamente perplexa, dessa vez genuinamente: os amigos, ao invés de incitar a treta, seguram o cara numas de "deixa as menina, rapaz, deixa as menina" — mas de novo não mais tão perplexa assim ["chocada, porém nada surpresa", na exatidão de um jargão da comunidade] quando outro deles, vindo se desculpar, aproveita a proximidade com alguma delas praquele exercício seboso de assédio: cotidiano, banal, quase automático. mas logo com kindara? *aí, meu fi, tu foi é bobo, essa nega já tem dono.*

nereci, ainda flertando, assiste de alguma distância: despreocupada, mas atenta. quando tainã chega na fila sorridente, abraça antonia e as outras, kindara primeiro. o homem se afasta, antonia recua. tainã mira nereci com olhos demorados, ninguém repara, nereci vê fingindo não ver. aquele jogo delas. quase a novela pessoal de antonia. tainã insiste, sombra degradê em tons de ouro velho e prata disfarçando a faísca que sempre deixa seu olhar luzidio quando nereci aparece, mas finge que não quer ir até lá. outro dos homens do grupo anterior reclama alto, irônica/in/diretamente sobre as práticas cotidianas de corrupção, como furar fila. antonia se vira pra olhar reto nos olhos dele, um tipo de ameaça. a tensão do chicote, contida, antes do estalo.

deixa, nego, não vamos estragar nossa noite não. hoje eu quero é celebrar! a voz de kindara molhada feitum beijo, mas a real é que até esse design nítido de territorialidade faz é deixar os homens mais animados ainda. merda. cada vez elas ficando mais retadas.

mas tainã não, tainã se vira pra um dos homens do bando, pega a bebida da mão dele, dá boa noite e pede licença, bem treinada na cartilha do jogo da sonsice. bebe, brinda com as amigas: ao futuro, às novidades, "à vida, meu povo!". e brinda em silêncio na direção de nereci, que segura mais firme a conquista da noite. o jogo não acabou. tainã imagina que nereci nem perguntou o nome da preta. mesmo assim, de alguma forma e à toa, se compara a ela.

ainda fingindo não vê-la mas olhando por cima de seu ombro, meio ofá meio cinismo, nereci também as compara: a pressa ruidosa da outra gozando em seu ouvido enquanto nereci trabalhava hábil com seu osso da pelve versus o silêncio denso do gozo de tainã. arfado. grave. o oposto de sua risada escandalosa, que algumas vezes se seguiu ao silêncio, tirando nereci do transe que foi comer aquela mulher. totalmente mergulhada nesses contrastes quando vê o homem da bebida se aproximar novamente de tainã e passar um braço em sua cintura. o arranhão da raiva dentro é qual um bicho buscando ar, a superfície tensa da água, gelo. sem saída. mas a outra faz é rir, joga a cabeça pra cima como faz quando vai gozar. exatamente o mesmo movimento. fluido mas meticuloso. água dura, gelo, ela não mergulha mais, o bicho trincou tudo, corre solto, molhado, no frio. ardendo em sanha. nisso tainã logo empurra o homem, que faz menção de segurá-la mais forte, que faz menção de resistir a ele, que força um beijo nela, que quase se entrega quase resiste mas beija mesmo assim vai que... — cena que as novelas não cansam de repetir, a transmissão da violência naturalizada que as pedagogias da heterossexualidade propagam por osmose no horário nobre do cansaço inerte, só recepção.
antonia, nitidamente incomodada com aquilo, sente como se agora os homens tivessem ganhado algum troféu, alguma permissão sobre o corpo de todas elas. reclama baixo com kindara que essas bi são foda. kin-

dara aperta sua mente lembrando que é bi também, e dispensando a bifobia. têm uma mini-DR em que uma reclama do academicismo da outra, e a outra reclama do machismo da uma.
da próxima vez, tainã, eu escolho o rolé. num dou mais conta dessas baladinha agatê que você arruma. caralho. antonia reclama, alto, encerrando a DR com um gole demorado na cerveja.
depois de alguns segundos de beijo, olhos bem abertos de olho na cena toda, tainã empurra o homem e deixa nítido que aquela interação acaba ao arremessar a lata que era dele no outro lado da rua, perto de uma boca de lobo já lotada de outras tantas latinhas que uma criança bem pequena, bem escura, rapidamente junta atrás das costas num saco que parece maior do que ela. tainã vê aquilo e passa a mão, de leve, na própria barriga, um movimento que os olhos de nereci guardam sem aparentemente perceber ou catalogar. ouvia, dali de perto de onde a criança catava latinha, as águas imundas do canal gritando "acuda" e, mais longe, a água salgada, antiga do mar, ameaçando em tom mordaz "basta". o bicho respira fundo, mas não é de alívio. nereci dá um gole largo na lata. a cerveja quente. não quer ouvir aquelas vozes ali, não agora, não assim. mal ouve quando tainã se volta pra matilha, zuando antonia e ela mesma:
hétero? tá parecendo hétero não, antonia, com tu e tua irmã nessas pegação frenética. aliás, quem é a puta nova dela?

menciona com o corpo ir até lá. fala baixo, mas olhando diretamente pra nereci, que a olha de volta, abertamente mas um pouco alheia, atenta à água, ao bicho, ao frio, ao calor. antonia, indiferente ao novo ato daquele lesbian drama velho, bola um verde.

tainã, deixe nereci, rapaz. vai fazer o que lá? eu me canso é de querer entender vocês duas, vu? na próxima vez eu vou é só mais kindara na laje de rai. isso aqui é fila, é macho, é o jogo de vocês, esse tanto de boy... vocês se passam, credo. kindara a corrige baixo, ao pé do ouvido, e toní segue a ladainha: *sim, meu amor, malembe, sim, laje de rai fechou é? com ninguém, não fui com ninguém...* são muitos dramas lésbicos, afinal. tainã acende um cigarro, nereci e a outra voltam a se beijar. gotículas de suor, de saliva, de gozo tentando gritar sua voz aguda na cabeça de nereci por mais, mais, por mais. mas a fila segue, ela bebe outra cerveja, inala a fumaça que a amante sopra suave em seu rosto, vê as vozes murchando no barulho da balada, elas embaixo de um poste piscando intermitente. *nega, vai todo mundo ver, já chega, lá dentro lhe faço mais um carinho desse, sossegue.* mas ambas sabem que lá dentro vão se pegar com outras. de qualquer forma, estão bem perto da entrada agora, nereci vem pra mais perto do grupo de irmã e amigas, a bonitona aproveita pra sumir e deu sorte, parece que farejou o cheiro da briga, mas podia ter deixado o beq, não é? gentileza pela gozada. o bicho também fica pronto. uma raiva seca. e morna, pra surpresa de quem fosse termometrar. só sua precisão é fria, só seu desespero é quente. o instante entre exalar e inalar em que a respiração cessa.

PUTA QUE PARIU! DE NOVO?eéssórroçonamachanojo devocêsquecaralhodeaberraçãoteméqueencherorrabode vocêstudode...

quadril, diafragma, ombro. o jab seco, limpo, eficaz, de antonia não deixa ele terminar. desmonta, cartilagem sangrada pelo punho dela. silêncio ao redor. os dois grupos se observam, a tensão é um galo de asas meio abertas, bico semicerrado, ciscando de lá pra cá, de cá pra lá (o outro bicho é de qualquer natureza inclassificável, o galo só apareceu por acaso de Exu aqui, metáforas gastas de masculinidade, pra desgaste dos galos). parece durar horas o silêncio entre o primeiro soco e o quebra-pau, já reparou? esse é ainda mais esgarçado, o limite da tensão, porque a real é que, além de nunca esperarem que vão tomar-lhe uma taca no meio da rua de uma "mulher", é bom que eles saibam contar, porque elas estão em maior número, a matemática veloz. cristas se abaixam.

asas semicerradas mas cansaço aparente. o galo só esqueceu de arriar. decidem rápido também qual deles vai socorrer o que está no chão, choramingando; mas, mesmo que um não queira, quando uma quer, rola briga. os outros ficam ali na contenção, parece uma barreira de zagueiros, só faltou mão no saco, outra no peito. mas tem nereci ali. não só nereci, aliás: nereci e aquele bicho da raiva dela. quem vê as filas de dentes tão afia-

dos, tão expostos, não imagina que é um ser tão adestrado, obediente. nereci se achega entre o que protege e o que finge estar pronto pra levantar pra seguir a briga. o zagueirão recua, algo o apavora. nereci olha todo mundo em volta com exatidão, deixando o ar entrar, ainda o olhar sem expressão que antonia reconhece imediatamente, mesmo sem nunca ter visto antes. o bicho solta ar entre os dentes.
não era pra ter briga. precisava daquilo, gente? ela chuta o homem já caído vezes demais. quer terminar pisando em sua cabeça. levanta o mesmo joelho em que a preta, longe com o beq já todo nos pulmões, tinha dançado em cima. o bicho se cansa ou ela está satisfeita, uns segundos o pé no ar. ninguém se movimenta. o bicho está satisfeito e ela se cansa. agacha perto da mancha de sangue e medo que é o homem, por acaso o único branco no meio daqueles outros todos. solta o ar devagar. fala perto dele. baixa, nitidamente:
eu é que vou encher teu rabo de pica, seu macho do caralho, se tu não for embora com seus macho é agora. agora mesmo.
levanta e, em silêncio, entra na balada. nem o segurança quer se intrometer naquilo. sorte de antonia, porque senão ia ter revista e como ia explicar o cano etc.
lá dentro é outra vida já, barulho, música, suor, bebida. cigarro. doce. bala. bebida, música, suor, barulho. dançam. tainã sobe numa mesa, dança, lá pelas tantas pede atenção pra contar sua novidade. alisa o ventre despido, o short preto tem cintura baixa e a miniblusa

solta no corpo deixa ver, agora que em cima da mesa, a curva macia dos peitos soltos, grandes, em que nereci tinha se acabado algumas noites antes. sente a traição daquele desejo tinhoso, antigo, fisgar seus dentros. o bicho dorme, exausto, mas sonha. beija violentamente a nova amante da noite (e se não sabemos o nome dela é que tampouco nereci o sabia), finge desatenção ao que tainã grita de cima da mesa. pela fenda dos olhos vê inã rebolar, alisar o ventre, rir, o levantar do copo, o balançar dos peitos, vai ser mãe, vai ser mãe, vai ser mãe. o grave das caixas estacando seu peito no tchu tchá tchá tchu tchu tchá, a gravidez estacando seu peito, a maciez dos peitos derretendo na sua boca uma lembrança estacando seu peito, seu peito, seu peito

tchu

tchu

tchá

amanhã vai ter um feijão na casa de minha madrinha, pelo aniversário de mainha. eu e caio vamos contar a notícia pra ela, vocês tão todas convidadas! vou mandar no zap de vocês o endereço certinho. mas é pra levar bebida, vu? que eu tô grávida mas num tô morta!

algumas protestam sobre a bebida, antonia é enfática na censura ao cigarro, kindara simplesmente os tira de perto de tainã, e nereci ouve crescer o silêncio no que sente alguma coisa verde, fervente, opaca borbulhando dentro de si, arranhando suas entranhas, sua garganta, seus olhos, esquentando sua cara enquanto vê

tainã descendo da mesa, pegando o celular, escrevendo alguma coisa.
vê as outras mexerem nos aparelhos, sinalizada a nova notificação em vibração, em luzes, em tons. vê tainã olhando direto nos olhos dela, relutante, o celular ainda na mão. vê tainã guardar o celular. vê que não há nenhuma notificação em seu próprio aparelho.
eu e caio
eu e caio
eu e caio
caio e ela.

"e eu caio."

o sono do bicho nada em pesadelos. terror noturno. ranger de dentes. é só um bicho, indefinível. ninguém repara. segue o baile.

faz tempo que não dormiam as duas naquela casa. uma película de silêncio e escuridão cobre tudo. a marisca trança as pernas de antonia quando ela entra. passando logo atrás de nereci pela cozinha, vê um prato coberto no fogão. enquanto a irmã entra pro banheiro, antonia levanta o pano de prato, vê a comida bem arrumadinha, dá um pequeno sorriso lembrando da avó. cheira, mas não come. toma água duma moringa sobre a geladeira. nereci se demora no banheiro.

toda vez que bebe demais ou passa raiva é aquele vômito líquido, água verde turva, rosnando pra ela densa, muda. a água da bica, mais fresca, quase gelada àquela hora da madrugada, sussurra: *paciência*. mas ela não tem. sente a raiva se formando de novo dentro de si, pegajosa, verde, turva. quer vomitar. vomita. lava de novo o rosto, a água da bica vai mastigando as sílabas nos tímpanos de sua pele: "pa-ci-ên-cia". no espelho, uma única lágrima grossa rasgando quente seu rosto fala, muito baixo, quase baixo demais perto da queixa venenosa da água verde ou mesmo dos pedidos aflitos da água macia da pia, e ela escuta, nitidamente:
"dói sim".
na rua, como cena de filme, passa mais um carro com som alto
"o que é, o que é? clara e salgada.
cabe em um olho e pesa uma tonelada.
tem sabor de mar, pode ser discreta.
inquilina da dor, morada predileta."
fazia anos que não ouvia racionais. até outra noite, fazia anos, também, que a água não falava com nereci. nem mais o mar, quando mergulhava, nem quando boiava, os ouvidos abaixo da linha molhada do horizonte. ou fazia tempo que ela não ouvia? desde o dia longe na infância quando insistiu com antonia que podia sim ir pra casa sozinha, que não precisava não que a irmã furasse fila na lotérica, que ia direto pra casa sim, era só que queria fazer xixi; desde aquela tarde enquanto, ao

soltar a mão de antonia na fila e ouvir aquela poça, poça do ar-condicionado gritando pra ela na beira da calçada da lotérica, *espera*, ela não queria mais prestatenção nas vozes com que a água, qualquer água que fosse, sempre a interpelava.

naquela tarde da memória, nereci enfrentou sozinha o pai de antonia. só contou à irmã um pedaço do acontecido, só fez menção, só contou a ordem, quis guardar para si o havido. porque desde sempre ela sabia que antonia odiava seu pai e a amava na mesma diametral medida. sabia que antonia era capaz de qualquer coisa pra cuidar da irmã mais nova, proteger quando pudesse, e vingar quando a proteção falhasse. nereci cresceu ouvindo antonia relatar, nas madrugadas perdidas, os sonhos em que matava o pai. sonhos elaborados, explícitos, detalhados: quase um mapa, uma receita, um plano. rotas de fuga.

uma vez, ela o enforcava. outra vez, envenenava. num assassinato que nereci nunca esquecera, antonia acordou chorando e rindo, encharcada de suor, gritando "bem feito, sua disgrá! bem feito! bem feito!". enquanto levantava e acendia a luz pra acudir antonia, nereci viu, num lampejo, a irmã em roupas lavadas de sangue: o tom rosado de Onira, a sede de sua lâmina que Oxalufã, em vão, tenta aplacar. a água grossa, encarnada, empossando a cama em redor de antonia cantava direto em seus ouvidos: "jugular". mas foi só um lampejo. era só suor. ouviu, acalmou, acalentou antonia.

nereci rezava a irmã nessas madrugadas, como tinha aprendido com a avó rezando quebranto. porque a outra parecia não estar mais em si. os pesadelos só acabaram com a maconha. ou pioraram, afundando-a em silêncio nas horas da dormida, e a irmã não dizia mais. ou não lembrava. não dividiam faz tempo nem o quarto nem a vida. se não os pesadelos, muito menos é que os sonhos.
mas, gente, olha pra isso, que lembragem é essa, oxente. aquilo tudo tinha ficado tão longe, tão antes, que parecia a nereci com a vida de outra pessoa, agora, não fosse a insistência da água gotejando da pia, formando pocinhas pequenas entre escovas de dentes, sabonete, bucha: "paciêêêência". do lado de fora da porta do banheiro, antonia pergunta ô, nega, tá tudo bem? ela não responde de imediato. fica ali parada, ouvindo um pouco mais a voz da água e tentando se lembrar se todas as águas falavam com ela sempre com a mesma voz, ou se eram vozes diferentes.
desde a tarde da lotérica, na infância, decidiu ficar alheia a elas. mas, depois de ter comido tainã todinha umas noites atrás, simplesmente as vozes falavam com ela, diretamente, de novo. como se nem nunca tivessem sido ignoradas. até mais nítidas que antes. qualquer aguinha fodida largada num copo descartável num banco de praça, inferno. quem se admira que a raiva tenha ficado sem paciência, que jeito de ficar tendo paciência com uma zuada dessa na cabeça da gente? já vou, irmã.

na noite em casa de tainã caía uma chuva apressada, quente, que a envolveu quando saiu da casa pouco depois das nove, a gratidão exagerada de do carmo incapaz de imaginar que tipo de cuidado ela tinha oferecido à sua filha simplesmente porque tem mãe que é cega, não é, meu povo? capaz de encontrar tainã pelada sentada na cara de nereci e achar que tavam fazendo exercício, ou com calor, ou ambas coisas.

pois assim que pisou os dois pés porta afora e a primeira gota tocou seu punho — quase dolorido de tanto trabalho feito naquelas horas poucas mas fundas, mas antigas, mas bastantes, enxurradas — ela ouviu. mais límpido do que ouvia, agora, a voz de antonia cautelosa, preocupada (com ela, com não acordar voinha, com vômito na pia, com a toalha limpa que ela pegasse na cestinha) do outro lado da porta do banheiro. mas ainda assim uma voz abafada.

não, abafada não: guardada, porque a voz era límpida, ressoava, única, ecoava a cada gota que caía em sua pele, seu cabelo rente, o dorso dos pés, o pescoço, as pálpebras, no começo mais nítida que guardada a ponto de ela se virar, achando que alguma das outras, dentro da casa, a chamava. mas logo depois nitidamente guardada: dentro da sua própria cabeça, chamando seu nome, urgente mas não aflita, agora mas desde antes, chamando, chamando seu nome em cada gota, as sílabas pingando em sua pele:

NE
RE
CI
.

tó

tó tó

tó

antonia, impacientando, toca a porta quatro vezes, ritmada, firme, suave: sín/co/pe_sín. nereci, achando melhor desmergulhar aquelas divagações, sua esquisitice, responde de novo que já saía já, meio na dúvida se tinha mesmo falado na primeira vez.
ouviu a irmã se sentar, e logo se esticar na cama. a cama rangia com ruídos específicos ao peso de antonia; ouvira aqueles ruídos tanto tempo, por tantas vezes antes, quando no meio de um sonho a irmã chegava, tarde, trazendo a madrugada nas costas, como dizia a avó, os cheiros de noitada, de bebida, de tudo que é tipo de droga, tudo que é tipo de buceta que a irmã trazia junto com a madrugada.
agora ela mesma cheirando àquilo tudo, e a mágoa, a raiva, onda verde-escura se deformando dentro dela, querendo de novo derramar. engoliu em seco. mas até o mais indomável dos bichos se cansa.
a saliva não, nunca tinha falado com ela não. nem urina. nem o detestado sangue de menstruação. só as lágrimas. naquela noite com tainã, seu próprio gozo, escorrendo pelas coxas escuras enquanto metia fundo a mão quase

inteira na buceta de tainã toda quente, toda expectativa, gozando também cada visco que gritava palavras de um prazer intraduzível nos tímpanos espalhados pela pele inteira de nereci, e a voz inesquecível da saliva de tainã implorando ávida, escorrendo pelos cantos da boca, pegajando o pescoço preto de nereci que ela lambia agoniada, a voz daquela saliva acre, inebriante, rasgada, gritando pra tudo em nereci seu próprio nome numa voz muda que significaria você, é você, sempre foi você, sempre vai ser, mas nenhuma das duas, na verdade, estaria prestando muita atenção a isso pra entender o significado profundo por baixo do silêncio daquela voz. suspirou mais cansada que seu bicho, sentindo a pena pela covardia de tainã querendo abrandar até a raiva. por um instante não sabia mais se estava em casa ou naquela memória. a memória das vozes sendo de repente o que de mais nítido lhe sobrara da única vez em que transaram. mas talvez dizer que sentiu qualquer coisa, depois da humilhação horas antes na boate cobrindo tudo, tudo, tudo (pena, raiva, paixão antiga, cansêra), seria quase mentira.

porque, como dito antes, ela tinha mesmo tido algum tipo de transe naquele sexo a ponto de as vozes parecerem não dizer mas pulsar em qualquer parte, em toda parte dentro dela, a inutilidade daquela verdade que toda água de tainã gritava de volta pra ela ou era ela querendo que aquilo fosse dito ou ambas, as águas das duas, numa confusão de suor e gozo.

enfim, de que adiantava mergulhar nessa lombra, tainã era dela porra nenhuma, nunca tinha sido, nunca seria. não importa quão fundo fosse, quanto tivessem gozado. um looping em reverb de espiral fractando uma noite na outra, ou simplesmente era o efeito do baque de emoções afundado em tudo quanto é entorpecente que há. álcool, maconha, um pouco de pó até — a primeira vez de quase tudo, aquela noite na boate, sua raiva transtornando em chutes, o sangue do homem gritando mudo, seco, apavorado, palavras que ela fingia esquecer com medo de virar a fome do animal sem nome que por tanto tempo conseguira esconder dentro de si —, tudo misturava os pensamentos de nereci com o que ela sentia, com o que não queria mais sentir, com o que precisava sentir. engoliu de novo a água verde mas engoliu em seco, água dura, queimando ela por dentro, indignada por não sair. chorou sozinha enquanto se banhava no chuveiro quente — luxo que ela mesma tinha se dado, embaixo dos protestos de avó e de antonia, anos antes.
aquela água encanada quase não dizia nada a nereci não, só ninava ela. mas meio à toa. não ia conseguir dormir. quando saiu do banheiro, antonia dormia já. o sono pesado e sem descanso de quem vai ter uma ressaca cabulosa no dia seguinte. mas não é que o ranger de nereci na outra cama vai despegando lenta ela do sono? e se lembra:

na noite do tempo, as duas dormem, ainda no quarto da avó, que ressona num canto escuro. nessa época as crianças ainda dividiam a cama que um dia foi de fátima, já que muitos anos depois é que o quarto das meninas seria construído pelo pai de antonia, com o custo daquela liberdade sendo pago, de alguma forma, pela tentativa de violação de nereci. antonia, sonhando, começa a se mexer muito, balbuciar enquanto dorme, xinga, reclama, acorda nereci. acostumada a esses pesadelos, a irmã pequena abraça e acude a grande. antonia fica mais tranquila, finalmente acorda. nereci se deita por cima dela, sussurrando *cobertor de irmã!* elas riem pelo nariz, tentando não acordar a avó, que se mexe na outra cama, com o barulho. as meninas seguram o fôlego até a respiração da velha se igualar. nereci se ajeita no seu canto da cama, fica esperando antonia voltar a dormir.

no tempo dessa noite, assim lembrada, antonia sai da própria cama, pensando por dentro como conseguiu dormir tanto tempo naquela cama dura, estreita, pequena, sentindo saudade de kindara, o colchão de casca de ovo importado que deu de presente à esposa, lençóis de fio egípcio trocentos fios. passa a mão pelo rosto de nereci, que ainda chora, contida.

sabe o que eu não entendo, antonia? por que a gente serve pra pegação, pra diversão, pra consolar, pra ajudar na hora do perrengue, pra fazer elas gozar, pra emprestar dinheiro, pra levar em consulta, tudo quanto é merda, mas num serve pra pegar na mão dela na rua, não serve pra dançar na festa com ela, nem serve pra ir comer a porra do feijão no aniversário da mãe dela.

ela sempre foi assim, iêci.* a vida toda foi tainã brincando com seus sentimentos! todo mundo te disse pra ter cuidado, num foi, nega... e ela nunca te prometeu nada! nereci, você sabe que eu amo tainã, ela é uma das minhas melhores amigas, é minha parceira em tudo, mas ela nunca prestou pra você, irmã. nem pro que você queria, nem pro que você merece.

eu não queria muita coisa não, antonia, só um pouco de respeito. um pouco de consideração. do jeito que você tá falando parece que é culpa minha ter escolhido gostar de tainã! isso eu não escolhi. escolhi nunca me enredar nos caôzinho dela, nos joguinho. eu sempre me cuidei. ou quase sempre, sei lá. antonia, essa semana eu... ah, diaxo, que se foda.

me desculpa, pretona. desculpa se pareceu que tô te culpando de alguma coisa... não foi isso que eu quis dizer não, viu? me desculpa. é só que agora ela tá grávida, e tá tentando que a cria tenha um pai, entende? num dá pra culpar ela por isso.

ninguém cresceu com pai aqui, antonia! nem eu, nem você, nem ela, nem ninguém. e ela chamou ele pra comer feijão no aniversário de dona do carmo, ostentou isso lá na porra da boate na frente de todo mundo! eu vi todo

---

* e falar em voz alta, na boca da noite, o apelido guardado no fundo da infância deixa um gosto estranho na boca de antonia.

mundo recebendo notificação no celular, só eu que não! entende? ela não me chamou! eu tenho uma relação com dona do carmo, porra, independente de qualquer coisa! ela acha que eu sou o que nesse caralho?

olhe, meu amor, num fique assim não... e fala baixo pra num acordar voinha... eu acho que você nem ia querer comer esse feijão, pra que se humilhar? e, nega, eu tô aqui contigo. sempre vou estar aqui contigo, viu? nereci, vou até fazer um chazinho pra te acalmar nesta manguaça que eu estou, minha irmã. só deus sabe que gosto terá esse chá. cidreira, pode ser?

oh, antonia. oh, minha irmã. obrigada, viu, por essa risada no meio dessa merda. sabia não que tu sabia alguma coisa de chá, achei que as aulinhas de vovó eram chatas demais pra sua sapiência!

oxe, a planteira aqui é tu. mas até que sei uma coisinha e outra, de tanto ouvir você e voinha falarem. nereci, você tem certeza que não tão precisando de ajuda? eu tô a cara da riqueza, minha irmã.

não vou te mentir. não tá sobrando. o trabalho da noite paga pouco. as aulas particulares dão um pouquinho mais. mas juntando com a aposentadoria da avó a gente dá conta, antonia. ela não quer saber do seu dinheiro do corre aqui nessa casa não, diz que a paga do nosso trabalho tem que bastar. tu sabe que ela é orgulhosa, não se faça.

oxe oxe oxe oxe. como se o que eu faço não fosse trabalho! é uma porra mesmo, viu.

não é esse o ponto. não é esse o ponto e você sabe muito bem! ela não quer energia de maldição, de egun na casa dela. antonia! ela tem esse direito, nega. nega, olhe, eu tenho que te contar uma coisa.

que é? tá grávida também?

pa porra. fique séria. muleque, eu tô indo embora. consegui uma bolsa numa faculdade do rio de janeiro, vou estudar engenharia. e antonia, eu me alistei na marinha. e fui chamada.

uma coruja pia, lá longe.
antonia sente algo sendo arrancado de si. ou que está acordando num pesadelo daqueles que tinha quando menor, esfaqueando, envenenando, atropelando, sufocando o pai. lembra que acordava chorando e nereci a consolava, a cobria com seu próprio corpo e risadas. talvez a distância entre elas tenha crescido, inconveniente.
pensou em quantos outros lugares daquela rua, daquela cidade, daquele país ou do planeta terra outras caminhoneiras como elas tinham tido o contato físico com amigas ou irmãs interditado pelas normativas de suas masculinidades. mas foi um pensamento rápido. ficou olhando a irmã, que mastigava seus próprios pensamentos, quase ausente à presença dela ali, ficou pensando em como nunca a havia consolado antes, de madrugada, e mesmo agora, quando tentou, acabou foi ela precisando de um consolo, de um abraço que não ia pedir nem poderia receber.

esticou a mão e deu um afago rápido, de dedos espalmados, sobre o cabelo de nereci. 4c, como o de kindara, como kindara havia lhe ensinado, mas naquele V.O. que, olhando agora, parecia mesmo corte de milico. não teve coragem nem de oferecer nem de pedir um abraço a nereci. só entendeu que nunca mais iam dormir naquela casa juntas e se arrependeu de não ter voltado mais ali fazia tempo. sentiu falta da costela de kindara, o colchão king size casca de ovo. o lençol macio, fresco.

    tô indo, viu, irmã. precisando algo me diga. diga também que dia vai embora, posso ir te deixar no aeroporto. aliás, nereci, não fique sem dinheiro nunca. meu dinheiro amaldiçoado tá disponível pra você. vi que dona antonia deixou comida pra senhora no fogão, mas vou levar, viu, nega, saudade do tempero de voinha. kindara é um misturel de tudo quanto há, se disser eu nego até a morte, mas ô sofrência de comida da minha mulé...

nereci agradeceu quase rindo, olhava antonia abertamente. a expressão séria e leve, misteriosa de sempre. nem uma gota mais da raiva que assustou e encantou antonia.

    boa noite, atuné.

ouvir o apelido antigo pinçou nalgum lugar indizível de seu corpo, talvez no todo de si.

    tá friozinho, nereci. vou pegar uma coberta pra tu.
    ainda fica naquela porta ali do armário?

a outra já tinha deitado. assentiu, fechando os olhos.

seis
uma cena

PLANO FECHADO NOS PÉS CAMINHANDO
DE NERECI, ABRINDO VERTICALMENTE
ATÉ ENQUADRAR COSTAS DESFOCADAS
DA PERSONAGEM

NERECI chegou quando a fila já ia grande, por isso vai em pé no ônibus cheio. Ela observa o caminho e as mulheres que conversam dentro do ônibus.

EXT. RUA - DIA - tempo 02 [atual / o agora]

NERECI sai do ônibus logo depois de algumas mulheres à direita do quartel da PM. A perder de vista da floresta que ronda a cadeia, uma muralha cinzenta de granito tem ares e arquitetura colonial. Localizados nos principais pontos estão os vigias todos nos seus postos, tendo acesso visual, panóptico, a quem esteja dentro ou fora do complexo penitenciário. Na rua, pessoas indo trabalhar, cedo, indiferentes àquelas tantas mulheres aprisionadas.

EXT. FILA DE ÔNIBUS - dia - tempo 02, um pouco antes da cena anterior

Várias mulheres com sacolas na fila do ônibus que vai para o presídio. NERECI está entre elas. Uma a uma, na longa fila, elas conversam, algumas trocam receitas, outras informação sobre a própria história, sobre a história de filhas, sobrinhas, amigas, namoradas, esposas que estão presas. Algumas fumam, isolando-se. Algumas estão com crianças, outras com envelopes ou pastas, papéis nas mãos. Poucos homens na fila; há, mas poucos. Em geral senhores. A fila parece interminável e elas vão entrando no ônibus, uma a uma. Insurpreendentemente, a pele de todo mundo ali traz variações dum mesmo tom.

EXT. RUA - fila do presídio - dia - tempo 02

No momento em que NERECI chega no presídio, a fila do lado de fora já está quase dando sua primeira volta.

INT. presídio - dia - tempo 02

NERECI aguarda na fila da revista dos alimentos. Mesmo as que estavam mais animadas na fila do ônibus e dentro dele estão caladas, ressabiadas, pouco conversam.

Uma senhora reclama baixo que as empadas que fez para a filha vão ser totalmente destruídas. NERECI olha em sua sacola os pacotes de biscoito, suco, chocolate, um maço de cigarros: fechados. Não por muito tempo. Ouve um diálogo entre uma das guardas e uma das visitantes que estava à sua frente enquanto observa as outras visitantes fazendo o mesmo — ouvindo e verificando suas próprias sacolas, como ela mesma havia feito poucos instantes atrás:

AGENTE PENITENCIÁRIA:

(seca)

Isso aqui não vai entrar, senhora.

MULHER:

(queixosa)

Mas na semana passada eu trouxe a mesma coisa e entrou, o que que tem de errado agora?

AGENTE PENITENCIÁRIA:

Mudaram os procedimentos, senhora. Esse tipo de alimento não vai entrar.

MULHER:
(chorosa)
E vocês vão jogar tudo fora? Eu acordei de madrugada pra cozinhar pra minha filha, moça, pelo amor de deus!
AGENTE PENITENCIÁRIA:
PRÓXIMA!
INT. PRESÍDIO, sala de revista íntima - DIA - tempo 02
NERECI está na fila da revista íntima: a vexatória. Nitidamente incomodadas, ainda mais silenciosas, uma a uma as mulheres na frente dela vão entrando no cubículo específico, orientadas pelos gritos grosseiros das agentes penitenciárias, que soltam as palavras de forma cadenciada pelo ritmo das pausas entre cada comando, duro, alto, e quase entediado pela repetição daquela rotina.
AGENTE PENITENCIÁRIA:
NA PAREDE / TIRA TUDO / AGACHA / FAZ FORÇA / ABRE QUE EU TÔ VENDO / LIMPA / TOSSE / LEVANTA E AGACHA DE NOVO / TOSSE DE NOVO / OK, PODE SE VESTIR /
PRÓXIMA!
Uma a uma, as mulheres à sua frente vão entrando, devagar, e as ordens são repetidas, até chegar a vez de NERECI, quando uma luz oblíqua forte acende sobre sua cabeça.
No cubículo, ela é envolta em silêncio, e ouve apenas seu próprio coração, batendo cada vez mais acelerado. Não se ouvem as ordens da agente, mas NERECI as

obedece, nervosamente, depois de ouvi-las repetidas, maquinalmente, nos longos minutos anteriores da fila. Uma das agentes, perto demais, segura um espelho na ponta de um cabo, com o qual analisa NERECI agachada. Finalmente se veste, e a voz da agente é baixa, nítida: Rabão, hein, nega? Tu mora é onde? Aqui eu só pego o turno da...
NERECI: Sou ativa, meu parceiro. Tá me estranhando?
AGENTE PENITENCIÁRIA:
PRÓXIMA!
Todos os ruídos vão voltando, devagar, e, quando NERECI vê entrar no cubículo a senhora que é a próxima da fila, para um instante: gorda, envergada pelo tempo, com uma das mãos na cintura. Começa a andar devagar ao ser chamada, como se uma dor nas pernas a desafiasse, e ao mesmo tempo como se já tivesse se acostumado àquilo. NERECI atravessa a porta oposta, rumo ao pátio de visitas. Ela anda estranhamente devagar. Ao fundo, a repetição continua, no ritmo de seus passos:
AGENTE PENITENCIÁRIA:
NA PAREDE / TIRA TUDO / AGACHA / FAZ FORÇA / ABRE QUE EU TÔ VENDO / LIMPA / TOSSE / LEVANTA E AGACHA DE NOVO / TOSSE DE NOVO / OK, PODE SE VESTIR /
PRÓXIMA!
INT. PRESÍDIO, pátio de visitas - DIA - tempo 02
TAINÃ está sentada em um banco, de pernas cruzadas, nervosa, torcendo o cabelo repetidamente. Engordou

por causa da gravidez, o cabelo sem a química de antes, transição forçada. Quando vê NERECI cruzando o pátio, vai em sua direção, tensa. A barriga rebola na frente até chegar frente a frente com NERECI.

Elas ficam paradas assim por alguns instantes, sem se tocar. TAINÃ passa a mão no braço de NERECI, que encosta de leve na barriga de TAINÃ. A criança dá uma cambalhota com o toque, ambas sorriem — felizes com a manobra, aliviadas pela dissolução da tensão. Andam juntas de volta até o banco. Antes de se sentarem, notam um casal heterossexual se abraçando e dando alguns beijos antes das reprimendas das agentes penitenciárias:

AGENTE PENITENCIÁRIA:
MANTENHAM DISTÂNCIA! Demonstração intensa de afeto é proibido, porra. Sabe o que que é visita íntima não?

TAINÃ:
Eu quis tanto que você viesse, nega, mas num imaginei que você vinha mesmo de verdade não. Obrigada, vu?

NERECI:
(sem jeito)
Sua mãe vai vir quando voltarem as visitas de fim de semana, Tainã... Não sei se é a patroa dela que não libera ou se é tão sinhazinha que ela nem teve coragem de contar que você tá aqui. Você tá bem? E a criança? Ó, aqui as coisas que ela te mandou.

NERECI entrega a sacola com os pacotes abertos, os biscoitos quebrados, o cigarro espalhado no meio de

tudo. TAINÃ mexe na sacola, feliz, um pouco emocionada, relaxando os ombros um pouco.
TAINÃ:
Achei que você ia jogar o cigarro fora antes de entrar aqui, sabia?
NERECI:
Cê queria mesmo que eu viesse, né? Ficou até imaginando o que eu ia fazer antes de chegar aqui... Sei que é pra vender, pra trocar por coisa aqui dentro.
TAINÃ:
Aqui tem muito tempo pra pensar, nega. É o que mais tem.
NERECI:
Mas sim. Eu pensei mesmo em jogar o cigarro fora. E claro que eu vinha te ver, nega.
As duas riem, um pouco menos tensas. TAINÃ olha de novo pro lado, na direção do casal heterossexual. Para alguns instantes.
TAINÃ:
(avulsa, encostando de leve a mão de NERECI)
Aqui as roçona não têm direito à visita íntima não. Assim, no papel tem, né? Mas sempre que pede nunca conseguem, sabe como?
NERECI:
(duramente, tirando a mão)
Não que você precise se preocupar com isso, né, Tainã? Aposto que o pai dessa criança consegue quantas visitas íntimas vocês precisarem.

TAINÃ:
(empurra NERECI pelos ombros com raiva, falando entre os dentes)
Porra, Nereci, vai se foder, caralho! Ele sumiu, você sabe disso. Ele sumiu depois daquela merda daquele aniversário da minha mãe. Eu fui otária de achar que ele ia ser um pai pra essa criança. Foi só eu começar a engordar mais que ele sumiu.
NERECI:
(suspirando desoladamente)
Eu já vou embora, Tainã. Quer que eu diga alguma coisa pra dona do Carmo, fora que você continua fumando essa merda e envenenando a neta dela?
TAINÃ:
(chorando)
Eu também acho que é menina... Aqui não tem nada pra fazer, Nereci. A pessoa fica louca se não acha um hábito, uma rotina. Fumar me deixa mais calma, porra. Alivia um pouco do medo que cê sente aqui dentro o tempo inteiro. Eu só fumo um cigarro por dia, namoral, não quero endoidar. É meu ritual.
NERECI estende a mão em direção à perna de TAINÃ, como que para fazer um carinho, mas desiste no meio, com a mão suspensa no ar por alguns instantes. Pousa a mão no banco gasto, gelado, duro. Levanta e sai sem dizer nada. TAINÃ para de chorar e pede fogo pra alguém ali perto, acendendo um cigarro. Mas desiste de fumar.

INT. CORREDOR, fórum de justiça - DIA - tempo quase 02, mas alguns meses antes

Junto a outras mulheres em um cubículo, TAINÃ segura a barriga, protuberante, com uma gravidez de cinco ou seis meses. Ela aguarda ser chamada para receber sentença. As mulheres dentro da sala estão silenciosas, a não ser pelos ruídos que fazem com os corpos indisciplinados e/ou aflitos: dedos tamborilando, um pé batendo repetidamente no chão, alguém roendo unhas, esfregando os cabelos agitadamente. Alguma bate a unha do indicador ritmada contra um dente. Advogados, na maioria indiferentes, acompanham algumas delas, às vezes mais de uma ao mesmo tempo. Ouvem-se também as vozes vindas da sala de fora, onde as sentenças são lidas. O piso é de pedra escura. Paredes tudo rabiscadas com nomes, figuras e frases, xingamentos, rezas, baixo-relevo arranhando a tintura gasta. Um nome é chamado, ao que uma das mulheres dentro da sala responde se levantando em direção à porta. Depois que ela levanta e sai, quando TAINÃ olha as outras mulheres dentro da sala pela fresta da porta se abrindo/se fechando, todas estão com cordas enroladas no rosto. Há lama cobrindo o piso, um silêncio súbito invade a sala pequena. A juíza paira sobre elas com roupas muito claras e muito manchadas de sangue e lama. Ela sente um frio cortando seu corpo, a criança se mexe violentamente na barriga. Segundos longos se passam com ela assim, vendo essa

cena, a porta abrindo, alguém sai, outra entra, tão rápido. Quando o nome de TAINÃ é chamado, as pessoas voltam ao normal, e os ruídos voltam também.
(batida forte na porta, maçaneta se abrindo)

INT. JUIZADO - sala de sentença - DIA - tempo quase 02, ainda meses antes

Dentro da sala, a juíza é branca, a escrivã é branca. A presença de alguns policiais negros no recinto sustenta a hierarquia racial do poder, nítida: a exceção que consolida a regra ensina, historicamente, que as mais baixas patentes, os cargos mais subservientes, são ocupados por pessoas de pele mais escura. O racismo é, afinal, uma pedagogia disciplinar profundamente visual.
Além do corpo de funcionários, as outras pessoas são todas negras: todas aquelas que são rés são negras, ou seus familiares tratados igualmente como sentenciados. A sala de sentença é completamente branca e preenchida de móveis coloniais. Um amontoado de fichas criminais se acumulam e se espalham pela mesa.
JUÍZA
A senhora é a senhora Fulana de Tal nascida em dia X do mês Y do ano 199Z, CPF número [...-...-...-...?
TAINÃ
Sim, sou.

JUÍZA
"Sim, senhora". Quero saber se é verdade que no dia 21 de janeiro de 20WZ, às 23:30, na Rua tal, Bairro Tal, você e mais três jovens foram detidos portando em média...
TAINÃ:
Não, não era eu não, nesse dia eu...
JUIZA
(interrompendo o não de Tainã)
Silêncio. E é "Não, senhora", em concurso com outros dois elementos não identificados... Quem eram os outros dois malandros? Namorados?
TAINÃ
Não tavam comigo não.
JUIZA
Não, senhora. É... Você tá querendo proteger alguém. Quem tava com você? É o mesmo que te deu essa barriga?
TAINÃ
Ninguém, não tinha ninguém comigo não.
JUIZA
Que papel, hein, minha jovem?! Você, uma mulher grávida, é esse o exemplo que você quer dar pro seu filho? Que você é traficante. Você não tem vergonha não?
TAINÃ:
O que eu tô passando jamais quero que minha filha passe, doutora. Mas, como eu falei, não era eu nesse dia não, senh...

JUIZA
(gritando)
Não quer que seu filho passe, mas ele já tá passando, porque vai nascer na cadeia e daqui a pouco vai ser ele que vai estar ocupando essa sua cadeira aí. Agora eu quero que antes de você fazer qualquer besteira... Eu quero que você pense nesse filhinho. Cê num tem nem idade pra ser mãe, agora arrumou?! Segura teu pepino. Segura porque é com você mesma.

INT. JUIZADO - saindo da sala da sentença - DIA - continuação - tempo 02
O ar de TAINÃ é de medo na saída da sala da juíza, quase de desespero. Sua mãe, chorosa, a acompanha durante a saída da sala.
CARMO
(de forma aflita e com um ar de desespero contido)
Cuida desse nosso nenezinho aí dentro tá, minha filha? Desculpa não poder te ajudar com um advogado melhor... Filha, a mamãe te ama.
TAINÃ
Minha mãe, não quero parecer ingrata, mas ele não falou nada! Não me defendeu! Não respondeu praquela peste daquela juíza que não era eu! Mãe, naquele dia eu tava em casa, a senhora sabe!
CARMO
Minha filha, mas sem testemunha! Ele fez o que podia, é um amigo do meu pastor, minha filha. Te falei

tanto pra não se envolver com isso de droga, de rua...
Ô, minha filha...

INT. PORTA EXTERNA DA CASA DE CARMO E
TAINÃ - TARDE - tempo quase 02
NERECI:
(chamando, batendo palmas na porta da vizinha)
D. DO CARMO!
O cachorrinho da vizinha late. NERECI conversa um pouco com ele, que se acalma. CARMO abre a porta e convida NERECI pra entrar.
As duas se sentam no sofá pequeno da sala pequena também. As paredes estão cobertas de fotos, enfeites, balões. A vizinha se explica:
CARMO, apontando:
Olha, Nereci, nem deu tempo da gente fazer o chá de fraldas da menina. Mas quem disse que eu tive coragem de tirar os enfeites?
NERECI:
Se a senhora quiser, eu ajudo a tirar, dona do Carmo. E eu trouxe umas fraldas ó. Mas não ia conseguir vir no chá não, tô estudando muito e tem o trabalho também...
CARMO:
Nereci. Não é da minha conta o que você e Tainã faziam juntas não. Tainã sempre foi criada pra cuidar de si mesma e de sua vida, tomar suas decisões. Que eu, a vida inteira eu fui criada pra obedecer, sabe? O pai, o namorado, o marido. Nosso Senhor, que está no céu... E

depois que comecei trabalhar de empregada ainda mais, a patroa, o patrão, os filhos da patroa, até o cachorro da patroa a gente parece que tem que obedecer, menina. Então nunca foi isso que eu quis pra minha filha não. Num acho certo o que vocês escolheram viver, e só Deus sabe como me envergonho hoje de ter rezado tanto pra afastar vocês, porque depois que você sumiu da vida de Tainã foi que tudo de ruim começou a acontecer com ela, parece... Então num precisa se justificar pra mim não, nem disfarçar, viu? Te conheço desde pequena, Nerê. Eu sei que Tainã fez alguma coisa que te magoou e você não quis mais ficar perto dela, e eu entendo isso, e até foi pro Rio de Janeiro, né, minha filha?
NERECI abaixa a cabeça, enxugando os olhos rápida.
NERECI:
A senhora me dê um copo dágua, dona do Carmo, por favor?
A mulher mais velha vai pra cozinha e volta. NERECI está em pé olhando fotos de TAINÃ na parede.
CARMO:
Vou deixar aí pendurado mesmo. Agradeço pela sua ajuda mas num carece não. O que eu preciso mesmo é de alguém que possa ir lá nas visita do presídio levar as coisas pra Tainã. Minha patroa não vai me liberar em dia de semana mas é nunca. E acho melhor ela nem saber que Tainã foi presa, pra num ficar controlando mais ainda. Elas acham que a gente é tudo ladrão. Tem que ver, Nereci, quase falta colocar cadeado nos armários, nas

coisas. Uma desconfiança... Acho que ela paga até mais pra cozinheira ficar me vigiando. Ela tem dinheiro pra pagar uma empregada e uma cozinheira, Nereci! Você acredita nisso? E a cozinheira faz as veis de capitão do mato, né? É uma mulher mais velha, não a culpo não. Não teve vida própria, foi empregada dessa família a vida toda. Agora que não aguenta mais nada, eles mantêm ela lá num quartinho, e uma funçãozinha que alivia a consciência de todo mundo, né? Mas já ouvi a patroa dizendo que assim que ela bater as bota vai fazer um clôsedi, vai reformar tudo. Um clôsedi, Nereci, você acredita? A pessoa vai ter um quarto só para as roupas dela, meu Pai amado...
NERECI:
E que dia é a visita, dona do Carmo?
CARMO:
Toda quarta. Daqui a três dias... Eu tô preocupada com a bebê, se Tainã vai comer direito, se...
Começa a chorar. NERECI não sabe bem como consolar a mulher, passa a mão em seu ombro devagar.
CARMO:
Sua vó deve se orgulhar muito de você, Nereci. Não pegou barriga, não entrou pro corre. É a menina mais direita dessa comunidade aqui. Mudou de vida, de cidade! Nem deve ser tão ruim assim ser uma entendida, não é, minha filha?

NERECI:
Vou descobrir como faz pra visitar ela, viu? Não se preocupe.
CARMO:
O advogado falou que tem que ser da família. Que se é pessoa de fora tem que ter uma declaração de quem é parente. Faz isso lá nas internet que eu assino, Nereci, pode ser? Vou dizer que vocês são prima, a gente tem sobrenome parecido mesmo, pra polícia, Deus me proteja, mas pra polícia a gente é tudo igual e o melhor é preso ou, Pai Eterno nos livre, pra eles o melhor é a gente tudo morto. Vá com Deus, viu, minha filha? Agradeça a sua voinha, por criar uma moça tão boa.
As duas riem sem graça, quase sem vontade, pela inadequação da palavra moça ali.
NERECI se despede, sem saber que TAINÃ foi acusada injustamente.

FADE OUT

cinco
vícios, viscosidade, virtudes

talvez o corre, mas antonia foi parecendo envelhecer. desgastar. nereci ficou em algum lugar entre mais nova e mais madura que ela — ao mesmo tempo. fisicamente também era isso que parecia. ou ela só parecia de outro tempo, pra tentar a verdade, 'dum tempo "quando?"', como tinha uma outra música, duma outra sapatão daquela cidade. não tinha aquele olhar desembestado de tantas, os olhos de tainã, mesmo, que ela tanto amou. uma fissura de tudo quebrado em silêncios berrando por dentro, comedidos, ignorados.
tinha sido apaixonada por tainã desde menininha, uma sensação de afogamento que achou nunca mais ia passar. passou, depois da trepada. não, verdade seja dita, depois de não ter sido convidada praquele aniversário. desde os 12 anos tainã já parecia uma dessas mulheres que a gente vê na rua se arrastando rápido pra não perder o ônibus, rigidez no corpo, alguma nuvem de maliciosa ou cansada pairando no olho, azedando a boca. aquelas que parecem que tão sempre prontas pra xingar, azeite quente. de mais nova vendia mingau na esquina. a mãe, doméstica. nervosa o tempo todo até a morte do filho. preto. o primogênito. crente fervorosa sempre. mas mais pra si, não tentou por tempo de mais criar os filhos dentro de igreja, apesar de tudo. foi só sua própria mãe morrer, que soltou o laço das crias.
depois tainã foi pegando a manha de se bancar com a economia do afeto, e do sexo, que combinava tanto com o turismo na cidade. sempre um namorado paulista,

carioca, mineiro. uma vez um gaúcho que a ensinou tomar o mate. uma única vez ficou publicamente com uma mulher, mais velha, cara de cabocla, de porto velho, que ensinou a papa de banana-da-terra, iguaria ímpar nos tabuleiros de mingau na cidade (porque o verão sempre acaba, rânibêi, mas as contas não).
antonia conta que, quando tomou a boca, não se espantou com a mãe de tainã já ser freguesa, mesmo crente como o quê. tainã tinha quase crescido na igreja também, se pensar melhor, mas não seja por isso. uma época não podia nem cortar o cabelo ou usar calça. do carmo vigiava a pureza da menina que nem quero-quero rasando cabeças na beira de mato: ódio e justeza na mesma medida, medo nenhum (no que diz dos pássaros, a mãe era medo puro, do próprio passado voar pro futuro — teve tainã com 15). alguma coisa, no entanto, amansou seu coração menos de crente que de mãe e ver a menina ir crescendo cada vez mais triste com tanta reprimenda foi fazendo ela afrouxar as rédeas, principalmente quando ficaram só as duas, sua mãe e seu filho retratos desbotando na geladeira.
ainda, como sole a toda boa comunidade cristã-baseada, aparentemente toda a vizinhança fingia não saber que antonia e nereci eram roçonas. as mães das outras meninas talvez fingissem por tanto respeitar a avó das irmãs (algumas precisavam dela, ou tinham guardados, nas garrafadas famosas da velha, segredos terríveis). mas também porque, no começo, as meninas eram muito

boas, educadas, solícitas. talvez, graças à boa fama de ambas combinadas, antonia tenha cansado de comer tainã no quartinho que a moça dividia com a mãe, enquanto do carmo dormia no sofá com a bíblia caída no colo, o rádio gritando alto uma oração fervorosa pra alguém ganhar seu carrinho zero km., pro marido traidor largar a outra família com quem vivia em pecado e voltar pro lar do senhor, pra filha emagrecer e arrumar marido. aleluia.

uma vez, indo no banheirinho que ficava dentro do quarto, passou-se o absurdo de a mãe flagrar as duas juntas, tainã sem blusa, antonia apertando sua teta macia, farta. à sonolência da mãe, que conseguiu, ainda, o absurdo de perguntar se a menina estava se desaguentando de calor, foi igualmente surreal tanto a resposta de tainã ("tá me ensinando a fazer autoexame de câncer, mainha") quanto a paralisia de antonia, que simplesmente ficou com a mão ali, parada, o mamilo escuro ouriçado entre dois dedos seus, a textura da aréola se engelhando quente em sua palma.

depois daquilo tomaram mais cuidado; tainã não precisava nem fazer menção de tirar a saia enorme, confortável demais tanto para a salvaguarda da pureza quanto para a viscosidade daquela roçagem clandestina, na verdade elas sequer precisavam fechar a porta; era só uma comidinha de amiga (talvez por isso antonia tenha sido tão enfática, no depoimento dado inicialmente, sobre não dividir mulheres com a irmã). antonia até diria, talvez pra se justificar, que achava que naquela época só quem não tinha comido tainã era nereci, mesmo. até as sapatonas odiadas por serem sapatonas impossíveis de caber na política de fingimento da vizinhança conseguiam furar o cerco cada vez mais relapso da mãe cada vez mais triste com o assassinato de seu tesouro. até hoje sentia a bexiga afrouxando quando ouvia sirene de polícia de madrugada.

menos nereci. nunca tinha sido uma durante o sono pesado da mãe exausta, nunca tinha sido uma no banheiro da escola, nunca tinha sido uma no banho de mar, nem nunca, principalmente, naqueles sumiços que tainã dava até na hora do culto. voinha macumbeira desaconselhava as irmãs de andarem enfiadas em igreja de culto de branco. e, obviamente, nereci tinha seu orgulho miserável com essas menina hétero, e pra ela tainã sempre foi hétero.*

a matemática do desafeto é muito simples, e sua didática está ao alcance de qualquer teledramaturgia, qualquer as dez mais no dial de sucesso: os moleque desde cedo aprendem a menosprezar as mulheres. que aprendem desde cedo a ficar correndo atrás deles. com tainã não foi diferente, por muito tempo.

não vá que é barril. nereci não ia.

mas tainã gostava demais de sapatão. então, ainda para se justificar mas também como forma de fazer alguma

---

* Nota de Narradorie: explicitando uma bifobia ainda muito presente em lésbicas e sapatonas.

justiça a essa projeção do micro-calvário-sexual de tainã (imagine receber o desprezo da sapatão mais sapatão da quebrada, logo ela, que dormia com quem queria, mesmo sem dormir — principalmente, sem dormir), projeção que antonia mesma sentia tão maculada pelo peso do julgamento inflexível que atribuía a nereci (antonia parecia calcular que a resistência da irmã parecia um tipo de punição da liberdade sexual de tainã), antonia comia tainã.
e também porque tainã já havia dito, pra quem quisesse ouvir, que homem gostava era de mulher obediente, porque quem gostava mesmo de buceta era sapatão. e ela gostava era de gozar.
talvez nereci fosse apaixonada sim, mas não quisesse de jeito nenhum ficar com tainã como segunda opção dela, como relação escondida. porque, sim, tainã gostava demais de sapatão mas só. namorava. boy. cis. de qualquer forma, alheia ao orgulho da outra e inebriada pelo próprio orgulho, com nereci tainã tentava demasiado. talvez todo o tempo que tenha durado na escola tenha sido nessa tentativa de conseguir o esperado sexo com nereci.
antonia se lembrava que duas, três vezes na semana nereci chegava ainda mais tarde em casa porque estudavam matemática juntas, atendendo à insistência de tainã. se quisesse fazer algum esforço de memória, poderia também se lembrar que algumas vezes, estando ela própria na casa de tainã antes de nereci aportar depois do trabalho (e, a bem de sua consciência, importa

lembrar que por vezes antonia e tainã estavam apenas fumando um juntas, não necessariamente transando), vira ao espetáculo que era tainã se arrumar toda, banhando-se com água de canela, passando alfazema na curva do peito e na parte de cima da calcinha, onde os pelos grossos, pretos, eram podados com a gilete que antonia mesma levava escondida (do carmo dizia que a bíblia dizia que depilar era coisa de mulher da vida).

 uma vez tainã se retou comigo. eu queria comer ela um pouquinho antes dessas aula de matemática e enquanto ela passava um creme na perna dobrada em cima da cama (a outra bem esticada, e ela tava usando até um sapatinho meio de salto que ficava guardado numa caixa embaixo duma pilha de livro de escola que ela mesma quase nunca lia) eu estiquei a mão entre as pernas dela, esfregando da buceta até a bunda, por cima da calcinha mesmo, firme e devagar. a bicha chega tava quente, pulsando. tainã levantou a cabeça como quando gozava, achei que queria. mas quando fui enfiando os dedos pelo elástico ela tirou minha mão. devia ser muito frustrante pra tainã ter duas noites por semana em que era liberada da vigília pra estudar (eram as duas noites em que dona do carmo ia pra um círculo de oração na vizinha; ela confiava mesmo em nereci) e nada. tentei argumentar isso com ela, um desperdício ela não gozar justo naquela noite em que podia ficar pelada, gemer alto, lembrei que eu tava por ali enquanto nereci não chegava.

acho que foi por isso, na verdade, e não pela mão na buceta que ela deu um tapa na minha cara: raiva de frustração. porque ela tinha levantado a cabeça quando dei o carinho. foi nisso que aprendi a sempre perguntar se a gata quer mesmo, naquele momento, ser metida. nem sempre os sinais que a gente lê dizem o que a gente quer. aprendi muita coisa nessas comidinha de amiga com tainã, coisas que já se misturaram em um bucado de outros corpos. mas dessa lição eu nunca me esqueço a fonte. nem o tapa. e depois disso não comi ela mais não. se você considerar que nereci ainda não tinha nenhuma vez ficado com ela, então na verdade eu não dividi mulher nenhuma com minha irmã, na moral.
acho que as noites de matemática duraram um ano, ou quase. nereci tinha uma determinação mais dura que o cano do meu berro. mas mesmo quieta e atenta, mesmo com a escola e o trabalho, mesmo com o jogo de tainã, que devia esgarçar o peito dela feito onda deixando osso bem liso e poroso, nereci não era infeliz que nem tantas de nós. ela sempre cantava com voinha, e elas sorriam muito juntas enquanto a gente morava lá. avó cantou menos depois que ela foi pra marinha, isso é verdade. mas não deixou de cantar.

> "Exu matou um pássaro ontem,
> com a pedra que jogou hoje!"

e, de qualquer forma, o Otá era uma metáfora do tempo. o próprio enigma. o pássaro era ela, que nenhuma pedrada levada na vida inteira tinha matado. mas agora era um pássaro talvez sem conseguir voar. então um dia ela acordou velha demais e cansou de parecer sã. "Lemba, apesar de ser o nkisi de roupas brancas, é conhecido como O Obscuro — ninguém sabe o que o velho carrega nas dobras do seu Mulele Ndele": até funfun tem mistério em suas dobras, pensou.

e pronto, acabou isso de última benzedeira da rua. simplesmente tirou a plaquinha da janela, pintada à mão anos antes com a letra firme e floreada da mãe das crianças. crianças, meu deus, antonia perdida nessa vida impossível, e nereci cada vez mais mergulhada dentro de si mesma — pensou, quase chorou. marinha, meu deus! mas num é quase a polícia?

a velha benzedeira lembrou que pensava que uma das duas ia ser poeta, como fátima, mas talvez tirar a placa fosse melhor, menos uma lembrança da filha assombrando a casa, fantasma que tinha, de um jeito ou de outro, caligrafado a vida das meninas.

    pois então o que sucedeu foi que voinha tratou de desincumbir nereci de qualquer continuidade de sua obra, o que também me pegou de surpresa (acho que já disse que acreditava o destino daquele ofício a nereci). mas não quis nem precisei entender nada: o postinho de saúde chegou na mesma época, por pior que fosse, e ninguém ia mais querer saber de reza dali a um tempo, só os mais velho, cada vez mais morridos, mais enfiados em casa de parente no interior. no asfalto, uma farmácia em cada esquina. avó sempre teve o olho muito aberto pro futuro, vai que antecipou essa imagem e quis se poupar do desgosto da desimportância. mansa sim. mas orgulhosa como o quê. não tinha atentado pra isso antes, mas talvez isso que foi que consumou a sensação de liberdade de nereci. um pouco depois ela avisou da marinha, já tinha sido selecionada, já estava inscrita, já tinha juntado o dinheiro da viagem, já estava de aviso no serviço. a faculdade, também. matrícula paga. e se picou. nereci é que é barril, vu, moço.

agradecendo a maldição / perdoando a bendição: dona tonia, agora que cansou de parecer sã, vai se permitir chorar esse choro, essa mágoa. é que fátima, talvez, nunca mais volte, mesmo. do lado de fora da casa, no lugar onde a tabuinha oferecia seus serviços, uma mancha mais clara, retangular, nítida de sua ausência. não só naquela casa, mas em ser mãe das meninas. talvez dona tonia chore, até, porque ao não voltar fátima assina a confissão do inevitável com que sua mãe nunca quis ter que lidar. talvez ela chore porque, se fátima tivesse tomado algum tento e arrumado um marido, ou só se tivesse largado aquela vida, aquela mulher, ela já teria voltado.

e aí, se for por isso mesmo, dona tonia chora ainda mais, porque à mágoa junta-se culpa. um pouco de vergonha,

também. agradecer a maldição: o castigo de fátima foi deixar com ela aquelas duas meninas, sua criação. perdoar a bendição: ela sempre, sempre soube das meninas. antes do escândalo de antonia pra não usar vestido no primeiro aniversário que a mãe faltou (fátima nunca as obrigava a usar nada que não quisessem). as duas no futebol. os olhos de nereci dançando atrás de tainã aonde quer que ela fosse.
ou quando ela mesma, recebendo de sua mãe também parteira e tão frustrada por trazer à luz como menina uma criança que tinha se prometido varão a gestação toda (a barriga pontuda, a sede de tonia por carne vermelha, os chutes), sua primeira filha, a única *filha*, sussurrou perto daquela orelhinha minúscula, preta, peluda, molhada, que ela havia de ser tudo aquilo que quisesse, baixinho contra o "não é um menino" pesado, tenso, acusativo da mãe, selando o destino de todas elas naquela bendição.
agradecer, pedir perdão. deixar o mar levar. e era mar que se derramava por seus olhos. a água salgada e funda, a água antiga da mãe de todas as cabeças.

'é o bem que te confio, caso estejas por vir'

fátima. assim como batizou sua... ah, melhor nem lembrar. e a saudade ganhava tantas faces no peito de dona antônia, rostos macios, caras escuras, feições semiesquecidas, que não parecia cortar feito faca. mas cortava sim.

quatro
enchendo

é uma tarde de fim de sol. antonia vira pra lá ao invés de pra cá — quer experimentar essa outra entrada no reino da memória por onde lembra a rua de sua infância, antes de tantas reformas. se se esforçar um pouco mais é capaz de ver, até, a casa de adobe, tijolo cru, em que morava alguma mais velha entre as mais velhas da vila. mas não tem tempo de se esforçar nisso agora, porque decide, ao mesmo tempo, tomar um outro lado pra chegar à casa de sua avó.* depois de sair do portão e seguir pelo lado avesso do que sempre rumava.
tudo é velho no tempo da memória. tudo é inédito na textura do sonho. antonia sabe que a quarta casa é a de fernanda, a primeira menina que beijou, menina ainda ela, também. na memória, no sonho. mas não tendo vindo pelo outro lado: a casa de fernanda vai ser a ante antepenúltima quando estiver voltando, não mais a quarta. quase lembra, se a densidade onírica não demandasse tanta atenção, de se perguntar por que pega/va sempre aquele caminho, e não esse outro. quase lembra que era uma questão de economia das pernas na volta: ia pela subida pra voltar pela descida. não que faça diferença ou importe, agora, no sonho, mas machucava pensar que alguma vizinha fosse/vai perceber sua estratégia e dizer que é coisa de gorda preguiçosa.
o mato tomou conta da rua da memória sonhada. mato alto, grosso, verde, amanteigado, escuro. touceiras de

---

* por que, em tantos sonhos, a casa nunca é, também, dela?

bambus, uma jaqueira enorme. um embondeiro. uma amendoeira. vê que as pedras portuguesas, assentadas por mãos bem pretas como as dela (antonia sempre se sonha um ou dois tons mais escuros do que, em acordada, é), vão se afrouxando: os vãos cada vez maiores cada vez mais cheios de areia. ouve o barulho do mar mas não tem coragem de olhar em sua direção.

sabe aquele medo de criança, cagaço de quando a madrinha fez menção que ia perceber os peitos se avolumando montículos tão pequenos mas já monstruosamente incômodos, vergonhosos, sabe esse medo e prefere esquecer que fingiu uma caganeira pra sair correndo antes que os dedos da madrinha encostassem seu peito como sabia — ou achava que sabia? ou temia? — que ia acontecer.

já tinha visto isso tantas vezes com as meninas da rua, as mães, tias, madrinhas, primas, irmãs orgulhosas dos peitinhos nascendo, comemorando em frente às outras, to-can-do. sabe o medo mas não o vai sentir, não é mais criança, já é a adolescente cabulosa aviãozinho armada dona da biqueira só a curiosidade de criança, só a aventura do caminho outro, só no sonho a falta de pressa, a ousadia de descansar as pernas na ida pra cansar na volta.

segue em frente, os portões baixos ainda, e olhe lá nas casas que malmente os têm. duas crianças pequenas brincam em frente a uma casinha qualquer, muro baixo, um portão sempre encostado. oferecem ajuda porque ela parece perdida. ela aceita.

pega as crianças pelas mãos, nota que uma delas tem o cabelo cortado provavelmente por si mesma, e alguma coisa de esvaziada em seu olhar indica que, em alguns anos, a criança não poderá mais andar pela rua sem camisa, como anda agora, como ela mesma andava até perder o direito infantil ao peito liso "dos homens". as crianças não perguntam aonde ela vai, ela também não se preocupa em dizer. as segue, mesmo que estejam andando em paralelo. ralenta o próprio passo, porque não tem mais pernas tão pequenas. também se esforça por desalembrar a agonia da mãe arrastando ela pela barroquinha horas a fio, em busca de uma confecção que tivesse roupas que nela coubessem. "roliça", "bolo-fofo", "baleia", "saco de areia".
as pedras embaixo de seus pés foram totalmente devoradas pela areia. mas não chegam na praia do mar, chegam em frente a um prédio muito desgastado, um tanto velho mas não histórico,[*] ainda limpo. uma das crianças baixa as calças, põe o pinto pra fora, mija ali mesmo embaixo de um lance de escadas pela metade, suspenso no ar, que ao mesmo tempo está dentro e fora do prédio. não se questiona como, mas sabe que vão subir ali — a lógica própria dos sonhos. a segunda criança aperta com força seu entrepernas, torce os joelhos. antonia, sem falar, pergunta se ele não vai mijar ali também.

---

[*] 1960 ou 1970 do século passado, o vinte.

a inconformidade pisca nos olhos da criança mijando em pé, que fica com raiva de antonia e responde que ela já sabe que o outro banheiro é lá em cima. o ar fica com o gosto da inveja desse outro menino, raiva que sente sem saber explicar. sobem, com pressa. por aquela escada quebrada mesmo. antonia não contesta a gravidade, sente os degraus que seus olhos não vão ver se olhar pra baixo. no primeiro andar uma repartição. homens trabalham com gravatas que parecem forcas. no segundo andar uma enfermaria. homens sangram bandagens que parecem históricas.

no terceiro andar um homem enorme cuja pele simplesmente tem a exata mesma cor da pele dela, mas diferentemente de antonia que traz sempre marca mais clara de bermuda na perna e a cruz do top nas costas e nos peitos, ele é todo da mesma cor. o peito aberto no vento. rasta, os troncos de cabelo se arrastando pelo chão, subindo as paredes, brotando plantas deslumbrantes, indizíveis, fantasmáticas, sentado tranquilo em sua cadeira de rodas, os pés sobre uma mesa de onde transbordam mais plantas, e livros. ele tem um espelho empoeirado em suas mãos. ostenta, orgulhoso, o peito liso, exposto ao vento, ao tempo, aos olhares. tem mamilos pixelados, um parece colado alguns milímetros acima da linha imaginária que equatora o outro. alguns dedos abaixo de cada mamilo, uma linha côncava, escura, centopeizada, sorri de cada lado do peito, o mesmo sorriso orgulhoso que o homem inteiro ostenta em si.

ele aponta a placa, "mata densa", antonia sente medo por ela e pelo menino, que já sumiu, talvez no primeiro andar mesmo. torce que ele tenha achado o banheiro das meninas pra mijar em paz. essa paz curta. mas sente é desespero. o homem meneia de novo, sugerindo que a criança entrou na mata. antonia sabe que não, ouve seus pés estalando nas poças de água velha do andar de cima, feito de ladrilhos todo, banheiro que é; ouve a água gotejando de uma pia eterna, velha, pesada, enferrujada que imagina no sonho mesmo — e imaginar, num sonho, é ver. ela vê. mas não vai. o homem aponta de novo, e seus cabelos têm o escuro do mesmo verde que a aguarda seguindo o corredor desse andar.

ele se levanta com a ajuda dos braços muito fortes, se vira na cadeira, as pernas leves pairando até o que seria o chão, se volta na cadeira de rodas e vê, nítido, o buraco de bala na altura de sua espinha. lembra de voinha contando de fulaninho que era preto como ela, que era pobre como ela, que era trafica como ela e tinha tomado tiro da polícia. tenta perguntar o nome do homem sem conseguir lembrar o do fulaninho de voinha, a voz não sai. tenta dar um passo rumo ao homem pra ver o que ele aponta além da placa, "mata densa", um passo.

e outro. a gravidade quer mais o peso de antonia, que cai. mata fechada embaixo da noite. antonia de novo criança (ou ainda?) anda rápida desviando de galhos, saltando matinhos mais altos, cuidando com buracos, buscando algum pedaço de luz, gritando os meninos. mas, como

não sabe seus nomes, chama pela irmã. as árvores iluminam estranho, claridade branco-hospitalar ou decoração de natal de shopping sabe? as folhas esvoaçam num antinatural também: ordenadas, como o vento fosse um ventilador coordenando movimentos premeditados — num rasgo [sobreposição de imagens, magia visual de edição] tem-se ninguém menos que a Beyoncé do sertão!, c â m e r a l e n t a, as madeixas sedosas nadando no vento sem nunca cobrir seu rosto, ocupando todo o ecrã, colossal em seu collant dourado, neca bem aquendada, dá uma piscadinha pra ela e pede aplausos pro seu bofe, luzes de ribalta cobrem a antonia que já não é menina, já não é menino, já não é mais antonia, é aquele homem, a cicatriz da retirada das mamas brilhando sob a iluminação quente, as crianças todas sumidas, a cicatriz deu queloide, sabia, ela sabia que isso ia acontecer. Beyoncé do sertão faz um rebolado de dar inveja em qualquer gretchen, e bacia faz um ângulo improvável com o quadril [mas isso não é privilégio do sonho].
pisca: acabou o ecrã, diva pop, é o sonho de novo, é criança de novo. peito liso, sem camisa, pé lascado de jogar o baba sempre descalço.
e a criança que antonia foi não sentiria medo, mas essa vai intranquila. embaixo de seus pés corre sempre um fio dágua, sentido oposto ao que trilha. e derrepentemente nereci adolescentemente aparece cantando num galho alto, e a cada vez que antonia chama responde, sem inflexão, *tô-aqui-você-cadê*, e some. reaparece noutro

galho (lembra do gato de alice? #sqn). antonia é teimosa, isso vai se revelando pelo que ela mesma diz ao longo da narrativa. então, a criança que seria naquele sonho continua chamando e andando, cada vez mais rápida, até estar correndo na mata cada vez mais aberta, cada vez mais: urbana?
mas se a cidade fosse velha de novo (assim como nesse sonho), anos 1960, 1970 do século passado, o 20. anos que ela nem viveu. a cidade só pode ser velha, desbotada assim. de novo a rua antes do asfalto, espera encontrar a casa de fernanda, ante antepenúltima casa se chegasse em casa vindo de outro lugar. descida na volta.
um véu de poeira fingida, cenografia caprichada, aumentando a dramaticidade da cena — certo ar de nostalgia. mas ela chega é num cemitério de portões fechados, sendo então a antonia adolescente do tempo que seria poucos anos antes do presente da antonia que sonha. não mais a criança das próprias memórias perdidas no processamento subconsciente dos sonhos, quase quem é. nereci, voltada do mato também, do outro lado da grade, se mantém criança ainda [quem é teimosa aqui?] na memória desse sonho agora. não usa camisa, intacto o orgulho do peito liso. só um short, cada banda de uma cor: como era de se esperar, o vermelho e o negro.
iêci, o que cê tá fazendo dentro do cemitério de noite. vem-
-pra-casa-você-não-tá-com medo-não — também sem inflexão. a outra, de se esperar pelo que veste, responde debochadamente que ali é um tipo de casa que ninguém

quer mas todo mundo habita. chama antonia pra olhar mais perto dos seus olhos: e pronto, num piscar é ela dentro do cemitério agora. antonia *sabe* o medo. ouve que em algum lugar gargalha na voz de nereci, junta a de outra mulher que ainda não se vê, como duas faixas perfeitamente editadas pra que estejam em estéreo, uma de cada lado dum fone de ouvido, se tivesse.
antonia um arrepio o sino dobra alto delicadas falanges unhas delgadas vermelho, denovoedenovo repica o metal — visão periférica, desaparição quando inclina o rosto lateralmente, quando tenta fixar o olhar. pulso escuro brilhos badulaques admoestações ela tenta olhar o braço ou era só sugestão desaparece tudo é muito rápido. antonia pisca de novo para ver nereci agora-de--novo maior: e ela estica o braço por entre as grades do cemitério como apontasse atrás da irmã, mas encosta é o dedo em sua testa. antonia toma um susto no toque (um pequeno choque?).
pisca de novo e o cemitério sumiu, como seus cílios fossem encontrando algum passe de mágica, ou só velocidade e transposição de cenas editadas pela mão do sonho, mesmo. mas agora, sonhássemos com ela, só o que veríamos por trás de seus ombros [porque agora de novo ela movimenta 90 graus o rosto, estica bem o pescoço, a cabeça, os olhos, buscando o que sente atrás de si] é um muro alto, de pedras velhas, desgastadas, o veludo macio do lodo verde se entranhando pelas frestas, abundante.

outras plantas sobem pelo muro, deixando mais nítido o ar de abandono de tudo — abandono humano, que as plantas vão tomando de conta à sua maneira, macia e implacável. ela vai olhar de novo pra frente mas já sabe [também nós]: nereci já foi. quando antonia mesma olhar para si vai ver por seus pés a água subindo do chão devagar, chegando aos poucos em seu tornozelo, lenta, constantemente, mas agora não é chão, nem pedra, nem areia, nem o piso do edifício do qual não se recorda, mas, para constar, é granilite antes de ser moda retrô, realmente coisa feita nos anos 1960, 1970. e, de soslaio, ela olha para cima, movimento mais suave [30 graus no máximo], olha uma gota de água pousar em sua testa, sem choque essa vez, e também ela meio que já esperava isso [nós não]. sabe o medo, sente o medo, mas olha novamente: seus pés sob o nada. cai.
se a gente lesse até a próxima cena, veríamos nereci sentando na cama num susto, suada. como se ela que tivesse sonhado o sonho de antonia. acordando do sonho de antonia num sonho próprio, no quarto da casa da avó. do outro lado do quarto, a cama vazia de antonia, meio que armário improvisado. será que a avó não ia desmontar sua cama também não, depois que fosse embora?, o relógio avisando quase cinco da manhã. enfia os dedos no cabelo, sacode um pouco a cabeça. vai na janela, abre pro vento entrar. ouve um sino longe, bem longe. do lado da cama uma moringa, e nereci bebe água enquanto ouve uma voz bêbada, em algum lugar na

rua da noite mas antes dos sinos, cantando um ponto a Bombogira. só pra garantir, ou só pra pedir: não quer ficar — só —, ela canta junto o refrão, por dentro da boca mesmo, engolindo com a água. tão ensimesmada, nem ouviu a avó já levantando no quarto do lado. não lembra da última vez em que foi numa gira, mas o ponto canta afiado como se tivesse sido ontem o trabalho.

ela é formosa, ela é faceira, ela é chave de cadeia! não mexa com ela, ela é flecha certeira, ela é chave de cadeia. ela é dona da gira, ela é ebozêra, ela é chave de cadeia!

sabe que a irmã foi presa, nem tenta ligar.
e nem poderia, ela mesma foi presa mais de uma vez numa daquelas celas do quartel por qualquer infração disciplinar nas forças armadas. até isso era parte do seu plano. que tirar antonia da cadeia não fazia parte do combinado com seu Tranca-Ruas, pensava ela. mas intuía outra coisa.

ela abre qualquer porteira, ela é a noite serena. é formosa, é faceira, ela é chave de cadeia.

três
enchendo

se houvesse onipresença, ou filmagem-drone das alturas mostrando "a quebrada vista do alto" pra algum canal lado-B de tv a cabo, veria-se que algumas ruas à frente do plano inicial alguém dá uma festa. e é antonia, ainda (ou de novo?) pescando sentada com os pés no colo de kindara, que cochila fingindo que assiste algo no monitor, enorme, do computador equilibrado num raque de madeira escura — tão elegante para aquela decoração bagunçada que chega a ser horrorosa, brega.
uma mão de antonia descansa sobre a tampa dum dichavador no braço do sofá junto dumas dolinhas de pó (havia pedra, para algumas convidadas mais exigentes, mas já obviamente acabou). na outra mão, um beq por terminar de enrolar. na mesa perto dela, sobras de bolo, de cerveja, da festa. antonia não sabe que está dormindo; se sabe, não percebeu. acorda de um pulo, como quem sonhasse que cai. o beq cai, também, de sua mão.
esfrega os olhos. kindara se movimenta quando ela acorda tão súbita mas não chega a acordar. antonia pega o beq no chão e vê o isqueiro longe do alcance do braço, numa janela. pensa super-poderes: acender a velinha meio queimada em cima do bolo, tão perto, com o poder da mente. nem uma coisa, nem outra, só termina de enrolar o beq enquanto começa, mesmo, a acordar: entra em seus tímpanos a música mais baixa, percebe que a maioria das amigas, funcionárias ou semiconhecidas se picou, deixando a bagunça pra elas arrumarem.

lembra da cena com o compadre passada há algumas horas. lembra do recado.

de novo o arrepio ruim. e agora é o barulho da noite quieta que entra por cima dos restos de som de um celular enterrado na dobra do sofá, a série de kindara reproduzida no monitor também, seu roncar. levanta devagar e esticando-se sente ainda mais aguda a nódoa no estômago. ri por dentro da própria descaradice, *tem vergonha não, tonhão, a cria da benzedeira sem um mói de espinheira-santa em casa, sem um pezinho de boldo.* 'boldo não', corrigiria a avó, ta-pe-te-de-O-xa-lá, ou mesmo a reprimenda da irmã, que tinha passado anos de mais tão metida com a velha nesses assuntos botânicos e agora, no meio da noite, emergia na superfície dolorida da memória como um tesouro envenenado, de uma só vez a espantavam, divertiam, nostalgiavam, entristeciam. passa um dedo carinhoso na testa da amante. a própria testa suando, mas sente frio. acorda de uma vez. fecha os botões da camisa que ganhou de kindara — alfaiataria de capulana, rânibêi, e os provadores apertados, suarentos da barroquinha, nunca mais. tem traumas que o dinheiro cala, mesmo. o banheirinho de baixo está iluminado só pela luz amarela que entra da rua pelo basculante pequeno. faz tempo que kindara quer reformar. talvez ela faça isso antes do aniversário da amada, a empresa anda cada vez mais próspera e o esquema da mandala funciona impecável.

"afroempreendedora" — aprendeu a falar sobre si mesma, especialmente quando precisa preencher o quesito "ocupação" nalgum formulário. e, como tivesse duas cabeças, por um instante divagou sobre suas divagações: é impressionante como os cinco, oito passos entre o sofá e a porta do banheiro parecem durar séculos, tantos pensamentos, nítidos, afiados, chamando-a a acordar —, e "afroempreendedora" era tão meia-verdade quanto a machucativa plaquinha de benzedeira que ainda arranhava na fachada de sua memória.

a avó era raizêra desde que se entendia por gente, meio bruxa meio santa, macumbeira de mão cheia, mas sempre a moral católica pesadamente operando até mesmo ali, na sagrada baía de todos os orixás, inventando traduções coloniais que tornassem o nome de tudo mais palatável, mais mascarado, mais branco. a moral era dupla e inventava duas cabeças no povo também; a placa dizia rezadeira (*ou era benzedeira? tá bêbo ainda, tonhão?*), o povo dizia rezadeira, buscava rezadeira, recomendava rezadeira, mas queria mesmo saber era da erva, do chá, da garrafada, do transe, da palavra da entidade. e ai de dona tonia se rezasse uma criança sequer, pra baixar o imbigo que fosse, sem uma galhinha de qualquer arruda, pra ver, sem bênção da Preta Véia.

quando deixa o chinelo na porta antes de entrar, finalmente chegando no banheiro, é que as tantas vozes de tantas cabeças ralenteiam um pouco, acorda de novo, até que enfim. antonia se mira no espelho, demorada,

segura com as duas mãos a pia, pra se apoiar: leva é um susto com a cuba cheia dágua, transbordando, e mais uma vez finalmente acorda. vê seus pés quase cobertos também, pensa em xingar quem esqueceu a torneira aberta, mas não está aberta. vai com a mão no meio da testa, como sentisse tanta dor de cabeça, ou alguém tivesse dado uma dedada ali, entre os olhos. tonteia mas não cai. olha o enorme relógio dourando o pulso, seu próprio presente de aniversário: quase cinco da manhã. mergulha o rosto, os cabelos soltos, a água da pia um abraço: silêncio abafado, molhado, tranquilo.
longe na sala, alguém começa um ponto pra dona Pombagira, tá ficando doido mesmo ou é a voz de nereci? outro susto e puxa a cabeça veloz, mas na sala a música é o pagodão de antes. embaixo a pia seca, vazia, mais um susto. e seu rosto todo molhado, cabelos escorrendo na camisa novinha, cambraia de linho branca entrecortada com o preto, vermelho e amarelo do Congo? kindara ficava uma fera quando ela esquecia e confundia, "África não é um país, rânibêi".
a marca do top fica mais nítida quanto mais translúcido de água o tecido se torna, e antonia pensa em dredar o cabelo. os pés, a barra da calça — tudo molhado. pensa que se tivesse em casa ouviria a avó já se levantando, tantas vezes passou por isso... quando chegava cedo/tarde assim, dona tonia sempre fazia um gracejo.
que isso, antonia, trazendo o dia nas costas de novo?

mas no fundo da voz, e antonia podia notar mesmo a avó sendo só um piscar passando pela porta do banheiro enquanto lavava o rosto da noitada, azedume de preocupação. lembrou do quarto pequeno branco-azulado da avó / as paredes descascando mofo / embaixo duma Iemanjá preta, um terço gasto que ele mesmo tinha dado, num dia das mães, criança demais ainda pra entender a disputa entre as professoras da escola / pássaros cantando a manhã pra chegar / o mar mais no longe sussurrando silêncios em resposta etc. — o que já é sabido desde as primeiras páginas. e quem poderá dizer que sabe alguma coisa do aperreio delas, desajuntadas, uma em cada ponta do seu próprio mundo na hora mais escura que vai quase virar dia? esse, só elas mesmas sentiam. ninguém mais sabe é de nada, nem de quando nereci chegaria levando o fim do mundo pro complexo de contenção. nas costas, também, por que não?
antonia acorda de novo. pela última vez, agora. a noite em que foi presa é um dos sonhos mais nítidos que tem na cadeia. mas ver a irmã passando pelo corredor parece ao mesmo tempo sonho, pesadelo, mentira, precisão.

dois
"a cada 23 minutos, um jovem negro é assassinado no brasil"

CADA 23 MINUTOS UM JOVEM NEGRO É ASSASSINADO NO BRASIL

(pela polícia)*

* Nota de Narradorie: com o silêncio deste capítulo estampado em preto, a autora espera explicitar sua recusa à reprodução plástica/hiperdetalhista de mortes negras em obras estéticas e/ou meios de comunicação, ficcionais ou não. o capítulo relata como nereci assumiu a morte de um jovem negro assassinado pela força policial do estado como forma de conseguir encontrar a irmã no complexo penitenciário. assim como são subnotificadas e quase nunca investigadas as mortes encomendadas do pretocídio no brasil, tampouco a confissão da personagem foi devidamente investigada. mesmo sem apresentar arma do crime e com um depoimento cheio de furos, a confissão de nereci bastou para ao mesmo tempo dar um fim nas demandas da mãe do jovem por justiça para seu filho e livrar a polícia da suspeita óbvia. nesse momento da escrita, a autora parece estar semiconsciente de que tal recurso mascara, também, um ímpeto sacrificial da personagem com relação ao protagonista, como discutiria anos depois dessa escrita ficcional em ensaio que seria publicado como "racismo visual/sadismo racial: quando (?) nossas mortes importam" (são paulo, n-1, 2019).

um
(Exu quebrou amanhã uma gaiola com pedra
que jogará ontem. um pássaro voa livre.)

"Imagino vocês duas acima de toda a água. Filhas da minha alma, netas da minha carne, o maior tesouro que a vida me deu e tirou de mim, além de minha própria irmã. Roçona assim como a mãe de vocês, num tempo, num interior em que esse tipo de ousadia era tratado com hospício e suicídio. Não espero que vocês me perdoem por ter tentado afastar minha filha de vocês, mas saibam que meu coração cansado tinha medo de perder vocês também. É mais fácil culpar uma pessoa do que a sociedade inteira, não é o que Fátima sempre me dizia? Não funcionou nada, e de alguma maneira nos desgraçou todas, porque mais triste que filhas longe da mãe é uma mãe longe da filha, e eu sempre amei Fátima, desde que sonhei ela no meu ventre e a vi enchê-lo, desde que pari ela das minhas entranhas e dei de mamar, e limpei, e cuidei, e vesti rosa e laço e fiz bonecas e dei modos de moça, eu tentei de tudo, tudo, e vocês todas saíram iguais à irmã que tanto amei e foi sumida num hospício pra se esquecer até mesmo do meu nome. Luzia. Assim ela se chamava. E era a luz dos meus olhos, a alegria da minha vida, a irmã do meu espírito, minha saudade, o pecado do mundo. Ainda hoje sonho correndo com Luzia na roça de milho de nossa infância. Os Guias são justos, minhas netas, e os sonhos mais coloridos eu sei que não vão acontecer. Luzia veste tantas cores, tantos panos, some no meio do milharal, eu nunca mais consigo alcançá-la, meu coração cansado acorda ainda mais triste. E assim como era a TV dos meus tempos de menina, aqueles que não têm cor eu sei que são um prenúncio. Assim foi que sonhei o fim do mundo em meio a tanta água. A revoada de todas as aves, a fuga de todos os bichos, com suas crias, para o alto de prédios abandonados, para o longe dos morros, era só confirmação. Depois que perdi minha irmã, eu não tive medo de mais nada nessa vida, a não ser nunca ter o perdão de vocês. Pois precisou de um apocalipse para me fazer pedir perdão à minha filha, Fátima, que com tanta mágoa e rancor me acreditou e nos trouxe aqui para o alto do Morro da Baleia, onde vivemos nós com a gata, e Fátima trouxe também aquela mulher, viu? Ainda não me acostumei a chamá-la de esposa, mas sei que é isso que elas são. É lua cheia e as corujas estão mais ariscas. Ainda assim tenho fé que uma há de levar até vocês essa carta. Vai pairar um dedinho acima dágua e vai encontrar vocês aí. Eu pedi a ela que levasse minhas palavras até onde vive o meu amor, que são vocês. Não sinto mais saudade, os Guias são justos: me permitem sonhar com vocês e vejo daqui que uma tem à outra, e estamos todas bem. Enfim. Vocês juntas são folha e água, e por isso é que vocês, juntas, são vida. 'Sem folha, sem água, não tem Orixá, não tem vida.' Já sua mãe sempre foi vento, e eu ainda me vejo tentando me convencer de que por isso ela se foi — mesmo que eu não tivesse pecado, minhas filhas, ela iria, eu me digo, e tento me pedir perdão enquanto entorno uma ladainha desbotada na voz dos meus pensamentos... Eu sou terra. Eu sei disso tudo porque sou terra, e assim sendo recebi vocês, cuidei de vocês, sustentei vocês na ausência dela. Que eu mesma forjei. Vi vocês fincando em mim suas raízes. E agora vocês podem seguir. E eu posso ir. E decidi voltar até aqui para Fátima me perdoar. Aqui onde estamos, desde o Alto do Capão no que era Bahia até aqui nessa chapada que um dia chamamos de Goiás, tudo foi poupado da fúria das águas de Ewá, que se cansou de ver o mundo deixar de ser bonito, vocês sabiam? E foi acudida por Odoyá, transbordante como na história de Otim, Atuné, eu sei que você se lembra dessa história. A bênção, Nereci. A bênção, Atuné — sei que Otim te batizou com outro nome, meu filho, porque você sempre se lembra dessa história.

Voinha"

zero
"nunca" é depois do depois

é bonito ver a água tomando conta de tudo. o corpo se habitua à umidade porque se lembra da vida dentro do ventre. as paredes do presídio viram morada de moluscos, de corais, de plantas cujos nomes científicos dormem esquecidos em enciclopédias submersas. os mundos que precisam acabar, pra que a vida consiga seguir seu fluxo... às vezes as crianças achavam um tesouro de antes do fim do mundo, um eletrodoméstico qualquer, imagine você explicar "te-le-fo-ne-ce-lu-lar". as habilidades de nereci e outras tinham sim criado tecnologias úteis, refeito painéis solares, mas o estado amniótico de viver em meio a tanta água tinha desenvolvido tantas habilidades psíquicas nelas que dispositivos de telecomunicação à distância pareciam inúteis frente ao dom tão comum de entender alguém partilhando presença e silêncio. de vez em quando alguma delas, mais velhas agora, talvez tão velhas quanto sua avó tenha chegado a ser, sentia saudade de chiclete. boate. um livro. nereci se pegava repetindo as palavras sussurrantes: "[...] o fragmento que eu peguei no seu olho, aquele era o olhar por que me apaixonei, o pedaço de você que você guardou, o seu pedaço deixado, a lésbica, a inviolável, sentada numa praia em um tempo que não ouviu seu nome ou então teria te afogado dentro do mar, ou você ouviria aquele nome e você mesma andaria voluntariamente para o azul emudecedor. Em vez disso você sentou e eu vi seu olhar e persegui um olho até ele chegar ao final de si mesmo e então eu vi o outro, o fragmento ardente".

a história que as crianças mais gostavam de ouvir era a de Otim. nereci deitava olhando o céu enquanto Atuné contava, mais uma vez, aquelas palavras reinventadas que explicavam quem eram, agora, finalmente, e sempre.

Otim, o raio, era o homem mais rápido que aquelas terras jamais haviam visto. como tudo tem sua sombra, contudo, e a criadora nos manda ao Ayiê com o propósito único de aprender e compartilhar, Otim nasceu com quatro peitos. Até a puberdade nada daquilo seria um problema, as quatro luas escurecidas formando um quadrante perfeito no meio de seu tronco estreito. Mas com os hormônios veio o sangue, terrível, e os mamilos viraram igualmente terríveis seios. Só seu pai sabia desse segredo devastador. Dia após dia, antes do raiar e bem, bem depois que a lua já descia novamente no céu, os dois homens amarravam ou desamarravam as tetas com os tecidos mais deslumbrantes, criados pelo tear de sua irmã mas nova, Afrekete, guardada a sete chaves de quaisquer olhos humanos do reino, menos dos olhos do sol. A vida de Afrekete se devia ao segredo porque desde sempre usara as roupas de seu irmão, seguindo como sombra seus passos. Escolhera viver assim porque nunca quis ela mesma ter sombra de sua. Sua mãe, a soberana, em seu pragmatismo achava que a exposição da criança a traria muitas responsabilidades religiosas, das quais ela tentaria, pelo maior tempo possível, afastá-la. O oráculo havia dito, anos antes, que Afrekete era filha da lua minguante e somente na 13ª lua cheia de sua vida poderia ser apresentada ao mundo fora da sombra de seu irmão, o que confortava sua mãe e pai. Sabiam que a natureza ambivalente de seus trejeitos e desejos a levaria para longe dali, pois às crianças-fêmeas nascidas sem a primogenia (que legava a herdar o comando da nação compulsoriamente) e cujos úteros não serviriam aos interesses de parentesco e política da sociedade uma vida de reclusão monasterial era o caminho mais trilhado. Afora essa, a angústia de Otim seguia, e finalmente ele não pôde mais fugir da idade do casamento, no mesmo ano em que sua irmã faria as primeiras 13 luas minguantes de sua vida fora da barriga. As moças mais sagazes, lindas e gordas do reino faziam fila em sua porta, pois as Yás — cuja fonte de poder advinha de trazerem úteros e, assim, o poder sobre a vida e sua disruptura — tinham o direito sagrado de escolher antes de serem escolhidas. Otim as invejava, por ter como obrigação civil o que às Yás era direito divinal. E temia, pois sabia que acabaria tendo que ser escolhido e, tarde ou cedo, haveria de se casar para dar à sua mãe, soberana daquelas terras, a honra da linhagem. Em seu mais íntimo, sonhava aterrorizado com a noite de núpcias, onde teria que se mostrar. Seu pai, confidente e companheiro, e também cúmplice de subterfúgios, tentava acalmá-lo, pois antes mesmo de Otim entender a sobriedade daquilo, ainda criança, já haviam acordado que seu pai doaria as sementes que Otim, quando necessário fosse, fecundaria em algum ventre estrangeiro. Só seu pai, guardador do segredo que nem mãe, nem irmã sonhavam saber, entendia a angústia de Otim. Mesmo assim, nem seu pai entendeu quando Otim, às vésperas de ser declarada sua noiva, vira rio e foge, desenfreado, dali. O pai, que tanto o amava, se torna montanha, tentando conter seu filho, desesperado por perdê-lo. Mas é da ciência de todos que à água barreira alguma é capaz de conter, pois segredo de rio é transbordar, e Otim se esvai pelos lados, pelas frestas, pelas grutas da montanha que é seu pai. E, assim como é da natureza da chuva se derramar e é da natureza do rio correr, é da natureza do amor deixar ir quem não quer ficar. A natureza veloz de Otim, A Flecha, vinha de ter aprendido a andar já correndo. Consolo pequeno de seu pai, e grande alívio para si, Otim deixa para trás os quatro peitos temidos, desgostados, na forma de palmeiras esbeltas à margem de sua foz. E, quando é recebido pelos braços infinitos do abraço de Yemanjá, Otim recebe ainda, dessa outra mãe sua, a mãe de todas as cabeças, um presente. Tentativa de curar seu coração por dor de perder suas amadas mãe e irmã, seu amado e companheiro pai, suas terras amadas na vila distante, que Otim nunca mais poderá pisar: Odoyá, que tem compaixão e amor na mesma medida da ira que devolve nos maremotos com que, quando em vez, chicoteia nossas encostas, punindo a humanidade por seu descuido, assim como havia sido presenteada por seu próprio pai mundos antes, dá a Otim forma humana mais uma vez e o presenteia com uma concha, na qual pode, sempre que precisar e sentir saudade dela, ouvir sua voz de mar cantando pelas ondas. Yemanjá avisa também que, quando tudo para Otim estiver perdido, ele deve ter coragem de dar, a quem pedir, seu bem mais precioso. Ela não diz a ele em palavras, mas espera que um dia seu filho entenda: amor é algo que só se tem quando se dá. Se despede de Otim com uma lambida quente de suas espumas, e, quando Otim vê, está em frente a uma mata exuberante, densa, escura. As folhas cantam numa língua que Otim não consegue entender, mas sente que elas não dizem "perigo", e por isso avança. O que Otim jamais imaginaria é que tudo que aprendera em terras de sua mãe nada ou de muito pouco serviriam ali, no meio da mata, onde logo sentiu fome, sede, medo, solidão. Pequeno, assustado, perdido, Otim dorme chorando, ouvindo o mar cantar na concha que ganhara de sua mãe. No sonho, Yemanjá diz que Otim deve tirar toda sua roupa velha, apego que trouxera consigo ainda dos tempos do reino de sua mãe e de seu pai, e confiar na lição que ela lhe dera antes de deixá-lo partir: dar, a quem pedir, seu bem mais precioso, em forma de oferenda. Das roupas, não fosse o receio de ostentar uma fenda que poderia, na antiga sociedade da qual viera, perturbar a economia do parentesco (e aquilo parecia tão descabido ali, onde mato, pedra, água, bicho — tudo parecia ter uma respiração só), foi fácil se desfazer.

Fácil e prazenteiro, ao poder afagar seu tronco liso, sem tetas, onde agora só dois mamilos, marcados embaixo por dois traçados riscados como lagarta de fogo, registravam a saudade que sentia de seu pai e a alegria de se ver livre do corpo que tanto o limitava. Dobrou tudo com carinho, e no alto de uma pedra lisa pousou os resquícios do que fora um dia. Com alegria menor e disposição mais duvidosa, Otim tirou o colar de contas pendurado em seu pescoço grosso, do qual pendia pesada, no meio, a concha dada por Odoyá. Agradecendo pelo presente e desejando que fosse feliz quem o recebesse, deixou tudo em cima da pedra e, embaixo da luz escura da noite sem lua, ainda exausto, de novo dormiu. Dessa vez, sem sonhar. Quando Otim acordou, sentiu cheiro de comida. E suas entranhas retorcidas de fome mandaram o sono para longe. Otim notou estar de novo vestido, agora com roupas que nunca tinha visto. Roupas que pareciam mais justas a seu corpo de corredor do que as batas que, no que agora parecia uma outra vida, tinha que usar. Um senhor velho, agachado, mexia com um resto de tronco as brasas de uma fogueira, sobre a qual assava um pedaço bem cortado e limpo de caça. O homem, que se apresentou a Otim como Odé, explicou com lágrimas nos olhos que mesmo morando tão perto do mar tinha sido proscrito àquelas matas, que se fizeram sua morada e sua maldição. Emocionado, o caçador pediu a Otim que se sentasse mais perto, e o alimentou. Pela graça de poder novamente ouvir a voz de sua mãe, anos depois de tê-la abandonado para viver com Katendê, o amante que havia posto nele um feitiço de amor, Odé cuidaria de Otim e o ensinaria seu ofício de caçador. Odé contava tudo apertando a concha entre os dedos, como fora o mais rico tesouro dessa vida. Otim ficou deslumbrado em finalmente aprender um ofício que não o de príncipe e calculou que sua velocidade seria de grande acolhida às pernas já cansadas do velho caçador. O velho garantiu que ali estaria seguro, pois a matéria de seu corpo não era da conta nem dele, nem de Katendê, seu amante, que vivia escondido nas folhas. Por vir de outro reino, não falava língua em comum com eles. Teria sido essa a voz das folhas que Otim ouvira no limiar de mar e mata? Com essa promessa, a conversa acabou. Eles comeram tranquilos até o fim da refeição. O caçador explicou que a carne de caça era farta, mas comida com parcimônia, porque havia de prestar respeito à vida de todas as famílias que moravam na floresta, fossem elas de água, planta, pedra, ou bicho, e disse também que Otim havia de aprender, com seu velho e amado Katendê, os segredos das folhas que curavam, envenenavam, alimentavam, encantavam. Mostrou ao jovem onde pendurar a rede que logo o ensinaria a tecer, e nas próximas horas, em seu silêncio expressivo, o velho ensinou ao moço que a primeira arma, e mais importante, de um caçador, era a rede onde se dormia. Odé contou que o sono, além de dizer histórias dos mundos que não mais se tocavam, era o que os proporcionava o descanso sagrado, e sem descanso não há prontidão atenta, sem a qual não há caçada. Enquanto teciam, Otim lembrou-se de sua irmã, Afrekete, e imaginou que embaixo daquele mesmo teto celestial ela já deveria estar se preparando para herdar as terras de sua mãe. O que Otim jamais poderia imaginar é que Afrekete, trazendo em sua herança a memória da ancestral que seu nome honrava — a gêmea-irmã de Exu, aquela que é também boca do mundo, abridora de caminhos; filha de Agbê e Sô do outro lado do oceano de onde tinham vindo para do lado de cá fazer pareia com são benedito —, podia ser ela mesma, inteiramente e onde estava, nem masculina, nem feminina, além ou aquém tais fronteiras. Otim intuía que, precisamente pelo trauma de sua partida, a sede de mudança e justiça que sempre movera sua irmã menor havia de ter se tornado uma transformação de mundos velhos, mas isso parece demais fantasia, então fica para uma outra história.

pequenas insurgências cotidianas na literatura de tatiana nascimento

por Cidinha da Silva

tatiana nascimento chega ao primeiro romance depois de mais de 15 livros publicados entre poesia, traduções, ensaios e contos. Estamos diante de uma escritora prolífica, madura e plena de recursos narrativos e de poesia neste *Água de maré*. Além disso, revela-se mais uma faceta da autora, acessamos aqui, uma grande tecelã de diálogos, fluidos, diretos, factíveis, sustentados, coerentes com as personagens e gostosos de ler.

A autora produz uma literatura de minudências que nos convoca à percepção de detalhes e ao apuro do olhar e da audição, ao refinamento da sensibilidade e da criticidade. Já na primeira página, ela nos apresenta duas amostras do quanto seremos exigidas durante a leitura: na primeira, não são as crianças da casa as pessoas alérgicas ao cheiro de cimento novo da laje, mas a avó, "contrariando o prognóstico de que nariz de velha aceita tudo". Na segunda, coisas tão simples e básicas como uma casa própria, arduamente conquistada e construída com os descartes das moradias das ex-patroas, abrem o portal possível da cidadania a famílias da classe trabalhadora, chefiadas por mulheres negras como dona Antônia.

Em momentos seguintes, mergulhamos nas estratégias da avó (e das mulheres negras de um modo geral) de proteger as netas do trabalho doméstico, nas digressões das personagens sobre o tempo; no mito desfeito de orixás embranquecidos e de cabelos chamados de duros — na verdade, cabelos macios (crespos); nos elementos diversos oferecidos pela autora para compreendermos o amor fraternal profundo entre Antônia e Nereci, duas irmãs que se apoiam, se cuidam e se protegem.

Vamos conhecendo uma família de quatro mulheres na qual três amam outras mulheres e se relacionam sexualmente com elas, ou seja, as duas filhas e a mãe, só ficando de fora a avó, que aceita a lesbianidade das netas, mas não a da filha. Com muita habilidade, tatiana nos oferece elementos para compreender por que isso acontece.

Vários sujeitos que se locupletam da rigidez estabelecida para os corpos dissidentes são trazidos à cena: homens cis (bêbados, paqueras, abusadores), crentes, policiais (homens e mulheres), entre outros. Suas formas de discriminar e oprimir são destacadas, contudo o tempo inteiro a autora nos exuzilha ao desorbitar o paradigma da dor. Estamos diante de uma "narrativa dissidente não apenas de sexo-gênero, mas também afetiva, ética, política que se dá na ruptura com expectativas coloniais de fixação em dor, sofrimento, raiva e denúncia". tatiana exercita a "liberdade narrativa como forma de evadir dos confinamentos temáticos coloniais que esperam muita panfletagem e pouca poética de textos LGBTQIAPN+".

As pessoas leitoras se deparam neste livro com a normalização de um inventário de diminutas vivências cotidianas, de descobertas do corpo e da sexualidade para meninas e adolescentes lésbicas. A autora constrói, por meio da literatura, uma memória sem traumas da qual lésbicas de mais de 40 anos não costumam ter registros, de um modo geral. Contudo, a partir da leitura, são convidadas a se apropriar das memórias de Nereci e a se nutrir delas.

tatiana nascimento confronta as "pedagogias da heterossexualidade", mas não se furta de refletir criticamente sobre as agruras do universo sapatão com seus códigos de exclusão e signos de poder, a exemplo das mulheres "adequadas" à pegação, mas não para andar de mãos dadas, ou a interdição do contato físico entre amigas e irmãs de mulheres que performam masculinidades. tatiana recusa-se a endeusar ou imacular o ecossistema lésbico, porque, afinal, "perfeição é o nome de um Deus que a gente põe pra morar na nossa falha" — paráfrase de um poema da própria autora.

Água de maré é um feito literário demolidor dos cercadinhos forjados para nos enclausurar como uma coisa apenas, uma de cada vez, tais como: pessoa negra de quebrada, ou sapatão, ou traficante, ou amante, ou mulher armada, ou mulher sonhadora, uma ou outra. tatiana nos apresenta personagens complexas com vários pertencimentos simultâneos, tornando a conjunção aditiva "e" mais oportuna para decodificar e degustar as insurgências cotidianas que as compõem e nos alimentam.

nota da autora

o sonho da palavra irmã (algumas notas de percurso y agradecimentos da autora)

a não ser por "nereci sempre foi a mais estranha entre nós", acho que hoje eu nunca escreveria este livro assim, com essas mesmas palavras. mas as palavras não são de hoje: *água de maré* ficou em estado de feitura entre 2011 e 2021, ano em que pari minha filha, e também quando a primeira proposta de publicação chegou.
esta história começou como um conto chamado "enxurrada", que a querida sapatona izza sá leu y gostou tanto a ponto de sugerir que fizéssemos dele um roteiro pra inscrever num edital de cinema. não nos selecionaram, mas o conto ganhou mais personagens, mais profundezas, mais páginas, e me pareceu típico de sua fluidez transmutar-se em romance, que deveria começar com a apresentação de nereci, mas outros capítulos se adiantaram a ela.
ao longo desses anos, fui escrevendo entre brasília, salvador; um pedaço também no rio de janeiro, são paulo. primeiro o roteiro, que deu muitas páginas ao romance. dessas, umas 50 — detalhando as transformações do mundo e das personagens que aparecem nos últimos capítulos que você acabou de ler — ficaram de fora por pura falta de tempo pra reescrever, readequar, verificar repetições, furos.
do conto até o romance levou a década em que eu migrei da casa dos 30 à dos 40, em que fui de lésbica a sapatão,

a lésbica-da-wittig, a pessoa não binária (não vou nem mencionar a década anterior, a dos 20, em que era hétera mesmo não me sentindo mulher). virei mãe — olhando assim, acho que hoje eu nunca faria um livro em que sapatonice é definida apenas como "gostar de mulher", ou um livro sobre uma mãe que aparentemente deixa outra pessoa criando suas filhas, inda mais uma mãe lésbica preta, pelo receio mesmo de como isso poderia soar numa sociedade lesbofóbica, racista.
e transfóbica, também; de um binarismo colonial genitalista cuja insistência em manter na invisibilidade e na negação a existência de pessoas trans, de lésbicas trans, de sapatonas não binárias é disciplinar, e condiciona até a nós mesmes (eu mesma não imaginava, nesse sentido, nem sequer que seria possível me imaginar).
agradeço a meu amade fabian kassabian, pela leitura atenta apontando as lacunas, os limites, a ponte entre essas tatianas de dois tempos contíguos, mas distintos, que se fossem escrever este livro de 2025 a 2035 ainda se ocupariam com os tipos de imagens de negritude y de dissidência de gênero que a escrita estaria produzindo y projetando, conformada pelos caminhos trilhados até então mais que pelo sonho do que viria depois (virá!) — mesmo que sonhos sejam possíveis, não são, exatamente, precisos.
quando escrevi e não sabia o que sei nem era quem sou, me pareceu muito importante contar com as palavras que contei, porque eram as que eu tinha, a história des-

sas duas pessoas ligadas pelo sangue, pelo afeto, pela vivência tão específica e também tão díspar de sapatonice preta. uma história que tem, em seus limites e possibilidades, um afã de criar imagens de dissidência de gênero y negritude fora dos parâmetros coloniais que eu conseguia, então, perceber.
vamos colando alguns espelhos caco a caco.
daí que os laços de irmandade das personagens principais têm muito a ver com a relação que tenho com minha própria irmã, taísa, que tanto amo e me inspira. as loas de maternagem têm muito a ver com a mãe que eu nem saberia que me tornaria, e por isso ele é dedicado à minha filha, Irê Maria Odara, a quem me dedico com amor y gratidão demais. as personagens principais têm muito de sapatas que conheci, de quem fui amante, por quem me apaixonei, amigas com quem convivo.

mas tudo é, basicamente, literatura: especulação, ou invenção. reinvenção.

nisso também a ficção se parece muito com os sonhos: seu tipo oblíquo de ordenamento, meio feito Exu.

e, acima de tudo, este livro é um sonho. um sonho cuírlombista.

tatiana nascimento
são paulo, março de 2025

FONTES Freight Text Pro
PAPEL pólen soft 80g/m²
IMPRESSÃO Gráfica Assahí, abril de 2025
1ª edição